婚活マエストロ

宮島未奈

文藝春秋

目次

婚活マエストロ

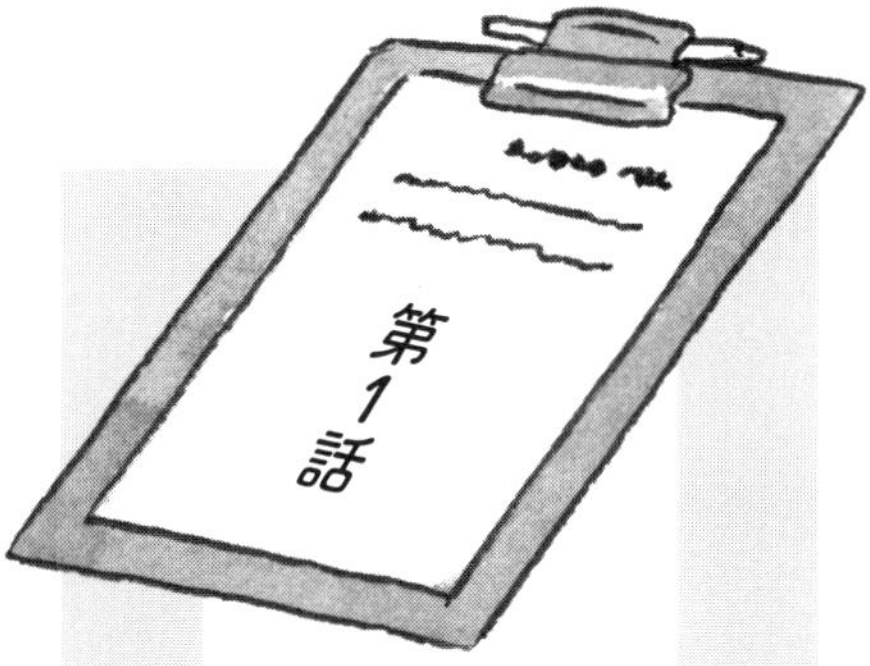

婚活初心者

２０２３年10月10日、俺は40歳になった。

目を覚ましてスマホを見ればすでに11時を過ぎていて、そろそろ起きようと伸びをする。子どもの頃は体育の日で必ず休みだったから、半分以上の割合で平日になるのがいまだに慣れない。俺はカレンダーの休日と関係なく仕事をしているが、クライアントは基本平日しか返信をよこさないから多少影響はある。

メールアプリを開くと、きのうの夜中に納品した占い記事のクライアントから「締切に余裕を持った納品、ありがとうございます！　これから確認させていただきます」との連絡があった。このクライアントはリピーターで、こうした連絡をこまめにくれるから信頼している。フリーペーパーに載せる星座占いとしてそれっぽいことを書くだけで月に１万円の定期収入になっているから、俺としても手放したくない。いつもの流れなら、夕方には「問題ありませんでしたので完了します」という連絡が来るだろう。

ＬＩＮＥには母と妹から誕生日を祝うメッセージが届いていた。こんなおっさんの誕生日、何もめでたくないと思うのだが、生存確認のためだと思えば納得がいく。俺は「ありがとう」の文字が入ったスタンプで応じた。

食料を調達するべく、ズボンだけはき替えて外に出た。つい最近まで猛暑日だったはずなのに、半袖だとちょっと寒い。誕生日の頃になると毎年同じことを思っている。

「よう、ケンちゃん！　誕生日おめでとう！」

エントランスを出たところで、マンション最上階で暮らす大家の田中宏《たなかひろし》が竹箒《たけぼうき》片手に話しかけてきた。80歳を過ぎてもピンピンしていて、大家自ら掃除をするのが日課なのだ。

「よく覚えてますね」

「昔っから誕生日覚えるのは得意なのよ。林家ピーだな」

「今の若い子たちは林家ペーなんて知りませんよ」

田中宏は銀歯を見せて高らかに笑う。

「それにホラ、みんな４年やそこらで出てっちゃうけどさ、ケンちゃんはずっといるから覚えてんだよ」

18歳の春に出会ったときからジジイだった気がするが、当時はおそらく60そこそこだったはずだ。５年前に妻を亡くして萎《しぼ》んでいたが、今では元気を取り戻している。

大学入学から21年と６か月、ずっとレジデンス田中に住んでいる俺も俺である。実家で暮らしていた期間より、田中宏のマンションに住んでいる期間のほうが長くなってしまった。まさに親の顔より見た顔である。

ここは静岡県西部に位置する浜松《はままつ》市。レジデンス田中は大学の北門から６００メートルの好立地にあり、入居者のほとんどは学生だ。たいていは卒業とともに巣立っていくし、社会人まで住み続けても転勤や結婚で出ていくため、俺が最長入居記録を持っている。すでに築30年を超していて、少子化と不景気で下宿生がぐんぐん減っていることもあり、空室リスクを恐れる田中宏にとって俺は上客なのだ。

「ときにケンちゃん、仕事頼めるかい？」

田中宏とは長い付き合いになるが、そんな依頼はされたことがない。

「仕事って？」

「文章書く仕事だよ。ケンちゃん、ライターさんなんだろ？」

俺は在宅のＷｅｂライターとして生計を立てている。ホームページに載せる三文記事を大量生産することで月20万円の収入を得て、一人で暮らすにはなんとかなっている。将来にまったく不安がないわけではないが、朝好きな時間に起きて、人にも会わずぶらぶらしていられるのだからこんなにいい職業はない。

しかし田中宏が思い浮かべる「ライターさん」とはもっと高尚なものではなかろうか。返答を迷っているうちに、田中宏が続ける。

「俺の知り合いの社長がさ、ライターさんに会社の紹介記事を書いてほしいっつうのよ。だったらうちのマンションのケンちゃんに聞いてみるよーって持ち帰ってきたわけ。ケンちゃんこれからヒマ？」

「空いてはいますけど……」

「誕生日だし、ちょうどいいじゃん。お昼おごるし、社長んとこ行こう」

田中宏は年に数回、こうして気まぐれにメシをおごってくれる。家賃収入で悠々自適のジジイだし、罪悪感なくお相伴にあずかる。そもそも、俺が20年以上にわたって払い続けている家賃が田中宏の資産になっているのは間違いない。

　田中宏はポケットからスマホを取り出し、電話をかける。

「もしもし？　田中です～。ライターの件、うちのケンちゃんがやってくれるって！　今から行っていい？」

　なぜかすでに引き受けることになっている。まぁジジイの口約束なんて適当なものだから、そんなに気にしちゃいない。通話を終えた田中宏は箒とちりとりを片付けて「よし行こう」と歩き出した。

「その会社って、何の会社ですか？」

「こんかつの会社だよ」

　俺の頭に揚げたてジューシーなトンカツが思い浮かんで、腹がぐぅっと鳴る。

「とんかつ？」

「いや、こんかつ」

　そこでようやく婚活という漢字が見えた。田中宏と婚活は遠すぎて、思い浮かばなかったのだ。

「結婚したい人の『婚活』で合ってます？」

「そうだよ。ケンちゃんがそんなこと言うからトンカツの口になっちゃったじゃん」

「俺もちょうど食べたいと思ってました」

　婚活なんて自分とは縁《えん》のないものだが、縁のないものでもそれらしく書く仕事をしているから動揺はない。しかし婚活を事業として掲げている会社がどんな会社なのか、どういう経緯で田中宏と知り合ったのか、多少気になるところである。

15分ほど歩いて到着したのは大学を挟んで向こう側にある雑居ビルだった。がたつくエレベーターで3階に上がると、目の前のドアに「ドリーム・ハピネス・プランニング」と書かれた白いプレートが掲げてある。田中宏は躊躇《ちゅうちょ》なくドアノブをひねり、「どうも〜」と入っていった。

「あぁ、田中さん。すいませんねぇ」

田中宏よりは幾分若そうな、といっても60は過ぎていそうなスーツ姿の男が事務机から立ち上がって頭を下げた。その隣にも事務机があるが、誰も座っていない。机の前には4人がけの応接セットがあって、いまどきガラス製のごつい灰皿が載っている。

「ドリーム・ハピネス・プランニングの高野《たかの》です」

渡された名刺には「代表取締役社長　高野豊《ゆたか》」と書かれている。

「ちょうだいします」

一応両手で受け取るぐらいのマナーは知っているが、ここ10年クライアントの顔が見えない仕事をしてきたから、生身の人間の応対に慣れていない。俺に仕事を依頼している人間も、こんな校長室ぐらいの広さのオフィスで働いているのかもしれない。

「どうぞ、おかけください」

俺と田中宏は応接セットに並んで座り、その向かい側に社長が座った。

「ご足労いただいてすみません」

社長が頭頂部の薄さを見せつけるかのように頭を下げた。

「ほら、ケンちゃん、自己紹介しないと」

田中宏に促されて、あわてて口を開く。

「あっ、自分は、猪名川健人《いながわけんと》っていいます。田中さんのマンションに長く暮らしていて、ケンちゃんって呼ばれています」

こういう説明を省くために名刺があるのだと身にしみる。

「そうですか」

社長は目を細めてうなずいた。いや、よく考えたらあだ名を紹介している場合じゃない。

「主に在宅で、ライターの仕事をしています。田中さんから、弊……じゃない、御社が、記事を書いていただき……いや、書いてほしいとおっしゃっているとお聞きしまして」

敬語で話す機会も全然なかったから、たどたどしくなってしまう。「主に在宅」と見栄を張ってしまったが、俺の書く記事は１００パーセント在宅のこたつ記事だ。

「どんなお仕事をされているんですか？」

「フリーペーパーの記事とか、医療機関のホームページに載せる文章とか、幅広く書かせていただいています」

「それは心強いです」

ちゃんとしたライターであるかのように取《と》り繕《つくろ》ってしまい、なんだか申し訳なくなる。

「田中さんから聞いているかもしれませんが、うちの会社では事業のひとつとして婚活パーティーの運営を行っています」

派手な男女がホテルの宴会場でワイワイやっている様子が浮かんできたが、そんな派手な男女は婚活パーティーに行かずとも相手が見つかるだろうし、もっと地味な男女に違いない。でも地味すぎてもパーティーに足が向かないだろうし、いったいどんな層が婚活パーティーに行くのだろう。

しかもなぜこんな地方都市にオフィスを構えているのか、パーティーにはどんなふうに集客しているのか、疑問が次々と湧く中、社長はノートパソコンを持ってきた。

「まずは、ホームページにちゃんとした紹介記事ですとか、婚活お役立ち記事を掲載したいんですね」

社長が画面をこちらに向けた瞬間、疑問の泉がストップした。ワードアートで作ったような「ドリーム・ハピネス・プランニング　Since 1990」の文字に、一組の男女が婚礼衣装で並んだガサガサの写真が添えられている。

「なるほどですね……」

冷静を装って、ビジネスマンに擬態《ぎたい》する。

「このホームページ、いつ作ったの？」

俺が聞けなかったことを田中宏があっさり質問してくれた。

「たぶん20年ぐらい前かと」

社長は表情を変えないで言う。

「だってこれ、阿部寛《あべひろし》のアレじゃん」

田中宏がそこまでインターネット事情に通じているとは意外で、思わず噴き出してしまった。ドリーム・ハピネス・プランニングのホームページはどう見ても２０００年前後に作られたＨＴＭＬサイトで、昔ながらのホームページとして名高い「阿部寛のホームページ」に近い趣があった。

「これ、ホームページ・ビルダーで作られてます？」

ホームページ・ビルダーは実家ではじめて買ったパソコンに入っていたホームページ作成ソフトで、40歳の俺でもかなり遠い記憶だ。もしこれを編集しろと言われても、できない自信がある。文字が反復横跳びみたいに動くのって何のタグだろう。

「すみません、私にはよくわかりません。更新はスタッフにやってもらっています」

社長の隣の事務机はただ置いてあるだけかと思っていたが、一応従業員はいるらしい。だけど若者がこんな会社に勤めているとは思えないし、昭和感満載の腕カバーをつけたおばちゃんかもしれない。

「あれっ、今夜もパーティーあるの？」

田中宏に言われて画面を見ると、２０２３年10月10日（火）19時〜のパーティーが告知されていて、思わず「マジか」と声が出た。このホームページ、生きている。

「ちなみに、猪名川さんは独身ですか？」

もしかしてカモにされるのではないかと身構えたが、社長はさっきから一貫して丁寧だ。

「もちろん。うちのボロいマンションに住んでるのはみんな独り者だよ」

田中宏のデリカシーのなさがもはや心地よく感じられる。

「よろしければ、参加されますか？　我が社の業務を理解していただく絶好の機会ですので」

画面を見ると、男性の参加費は５０００円。１文字２円の案件なら２５００文字分というところである。

「あぁ、お代は結構ですよ。初回無料クーポンがございます」

そう言って社長はジャケットの胸ポケットから「ドリーム・ハピネス・プランニング主催婚活パーティー初回無料クーポン」を取り出した。２０２２年12月31日と書かれた有効期限を、社長は二重線で２０２３年に訂正し、印鑑《いんかん》を押して俺に手渡す。

年齢が39歳までとか、年収が５００万円以上とか、参加できない理由を探そうとしたが、今夜のパーティーは「25歳から45歳までならだれでもＯＫ！　新しい出会いを求めるアナタへ」というオールカマーな内容らしかった。

「ケンちゃん、ちょうどよかったじゃん！　あぁ、でも、ケンちゃんが結婚したら空室が増えちゃって寂しいなぁ」

田中宏のテンプレ的なうざい反応を笑って受け流す。

「参加されるのであれば、こちらの書類にご記入ください」

もう参加することが決まっているようだ。面倒くさいから断りたいが、タダでメシが食えるなら悪い話じゃない。婚活パーティーといっても、全員が全員やる気に満ち溢れているわけでもないだろうし、端の方で佇《たたず》んでいてもなんとかなるんじゃないか。だいたい俺みたいな低所得者が婚活市場で人気なはずがない。

　社長が差し出した書類は宣誓書で、既婚者だったら罰金30万円、迷惑行為が発覚したら罰金10万円といった物々しい事項が並んでいる。といっても普通に参加する分には関係ないはずだ。俺は「同意します」のチェックボックスにチェックを入れ、住所と氏名を書いた。

「身分証明書が必要になりますが、今お持ちですか？」

「マイナンバーカードでいいですか？」

「もちろんです」

　マイナポイント目当てで作ったマイナンバーカードを社長に見せる。運転免許証を持っていないから、保険証以外の身分証明書が手に入ったのは意外に便利だった。

「あれ？　今日お誕生日ですね。おめでとうございます」

　社長がはじめて笑顔になったことに気付き、ちょっとうれしくなってしまった。

「ありがとうございます」

「40歳になられたんですね。うちのスタッフの鏡原《かがみはら》も同い年です」

　腕カバーをつけたおばちゃんのイメージが、同年代の女子に更新される。といっても同年代の女子と接する機会がないから、顔のあたりがぼやけている。

「その人はお休み？」

「パーティーがある日は午後から出勤してくるんです」

正社員を雇えるほど繁盛《はんじょう》しているとは思えないが、パート社員なのだろうか。いろいろ疑問が生まれてくるものの、どこまで首を突っ込んでいいのかわからない。社長は「確認させていただきました」と俺にマイナンバーカードを返した。

「社長と田中さんはどうして知り合われたんですか？」

「俺も婚活パーティーに行ったのよ」

田中宏は照れくさそうに頭をかいた。意外な事実だが、たしかに田中宏は独身だし、そういうこともあるのかもしれない。

「3か月ほど前、城北《じょうほく》コミュニティセンターでシニア世代を対象にした婚活パーティーをさせていただきました。そのときはご挨拶《あいさつ》をしただけでしたが、後日そば屋のカウンターで隣同士になり、田中さんから話しかけてくれたんです」

「うん。後から知ったんだけど、社長さんからは婚活パーティーに出てた人に話しかけちゃだめなんだって」

「婚活中であることを隠したい方もいらっしゃいますから、お客様のプライバシーはきちんと守らせていただいています」

いずれにせよ田中宏は誰彼構わずペラペラ話しかけるタイプだから、社長から話しかける状況にはならなかっただろう。

「ライターさんをお願いする話も、鏡原からはネットで探せばいいと言われたんですけど、私はなにぶん古い考えの者ですから、顔が見える相手にお願いしたいなと」

鏡原さんとやらの言うことはもっともで、ネットで探せば俺みたいな三文ライターはいくらでも見つかる。俺だってこんなふうにコネで頼まれるのは初めてだ。

「わかりました。まずは今夜のパーティーに出て、そこから記事作成の話を進めるという形でよろしいでしょうか」

「はい、そうしていただけるとありがたいです」

社長はまたうやうやしく頭を下げた。

「田中さんも、ありがとうございました」

「うん、よかったよかった」

俺と田中宏はドリーム・ハピネス・プランニングを後にした。朝から何も食べていないから腹が減っている。

「今夜、ケンちゃんの運命の相手が見つかったりして」

田中宏は心底楽しそうだ。

「どうでしょうね」

「俺が生きてるうちに結婚式やってよ」

いつもの調子で笑う田中宏を見ていたら、そういえば俺より早く死ぬんだよなってちょっとセンチメンタルな気持ちになってしまった。俺だってもう40歳で、人生の半分ぐらいには来ているだろう。

俺たちは近くのトンカツ屋に入った。高級そうな店構えで、俺一人だったら絶対に入らない店だ。田中宏は「年を取るとヒレカツしか食べられない」とぼやきながらヒレカツ定食を注文し、俺はロースカツ定食を注文した。

運ばれてきた小さなすり鉢《ばち》でごまをすりながら、田中宏は先日参加したという婚活パーティーの話をする。

「来てるのは全員ジジイかババアだからね。たいてい死別するか離婚してるかで、結婚経験があるわけよ。だからそんなに夢見てないっていうか、そばにいて苦にならない相手を探しに来てる感じだよね。俺もいいなって思う人がいたんだけど、やっぱりそういう人は人気でね。俺とはカップル成立しなかったよ」

ジジイとババアがカップル成立で沸《わ》き立っている様子が目に浮かぶ。最近のジジババは元気だから、婚活をエンタメとして楽しんでいてもおかしくない。たぶん一生結婚しないだろうと諦めている俺より、よっぽどアクティブで楽しそうだ。

「うちの嫁《よめ》さんも、ガンが見つかって1年ぐらいであっという間に死んじゃったからさ、俺なりにいろいろと後悔はあるわけよ。嫁さんの代わりってわけじゃないけど、一緒に過ごしてくれる人がいるといいなっていうのはどうしても思っちゃうよね。うちの子どもたちも、俺が婚活してるって言ったら『いい人見つかるといいね』って応援してくれたよ」

俺の実家は静岡市清水《しみず》区で、在来線に乗って1時間半の距離だ。両親がまだまだ元気で、妹が近くに住んでいるから心配していない。でも親が年老いて一人で暮らしていたら、再婚相手でも見つけてくれないかなと思ってしまうかもしれない。

「ケンちゃんも今は独身だけどさ、いつか結婚したくなって結婚するかもしれないじゃない。そのときは軽い気持ちでもしてみたらいいと思うんだよね。最近じゃ離婚するのも珍しくないからさ」

「まぁ、俺と結婚してくれるような相手が見つかったらですよね」

「いやいや、ほんとにわかんないよ。だって世の中、なんであの人結婚できたんだろうみたいな人いっぱいいるでしょ？　そういう奇跡が起こらないとも限らないってこと」

そういうふうに結婚をプッシュされると鬱陶《うっとう》しい。タイミングよくトンカツが運ばれてきたので、「そっすね」と適当に流してすり鉢に辛口ソースを注ぐ。ロースカツを一切れソースに浸して頬張《ほおば》ると、サクサクの衣が歯に心地よく当たった。

「うまいっすね」

肉を噛《か》み締《し》めながら麦ごはんをかきこむ。若い頃には茶碗５杯はいけただろうが、四十路を迎えた胃袋はそこまでいけそうにない。体型は若い頃とそう変わっていないが、それはただ単に質素な暮らしをしているせいだ。すり鉢が出てくるトンカツ屋なんて、田中宏か親としか行かない。

「ケンちゃんが喜んでくれてよかった。お誕生日おめでとう！」

ありがとう田中宏。腹が満たされていくうちに、田中宏に言われた結婚のあれこれもどうでもよくなっていく。今夜の婚活パーティーも適当に済ませたらいい。麦ごはんを一杯だけお代わりし、満足して店を出た。

マンションに帰り、エレベーターで田中宏と別れて部屋に入った瞬間、急激に不安になってきた。本日40歳になった俺こと猪名川健人、これまでに経験したことのない婚活パーティーに潜入するという。期待しないようにと自らに言い聞かせる一方で、ワンチャンあるんじゃないかという気持ちは捨てきれない。

だいたい、どんな格好で行けばいいんだろう。社長みたいにスーツを着ていったほうがいいのかと思ったけれど、そこまで気張っていくものではない気もする。

改めてドリーム・ハピネス・プランニングのホームページを確認してみると、「ギャラリー」のページにいつのものだかわからないパーティーの写真が載っていた。男女とも普通の私服のようだが、これが実在したパーティーなのかどうかも怪しい。

このホームページを改修するのであれば、文章だけじゃなく画像も新しくしたほうがいいだろう。しかしパーティーの参加者が画像の使用にOKを出すとは思えない。それっぽいフリー素材はありそうだが、良質なフリー素材はあちこちのWebサイトで使われて手垢《てあか》がついてしまっている。AIで作れるものなら作りたいところだが、ほぼ素人の俺が自然なパーティー画像なんて作れるだろうか。

スマホを見たままモヤモヤ考えていると、メールが届いた。占い記事のクライアントからの連絡だった。

「問題ありませんでしたので納品完了とします。今月もありがとうございました！」

納品した星座占いのてんびん座の欄《らん》を見てみると、「これまでにない良い運気が流れ込んでくる時期。新しいことにチャレンジしてみては？」と書いてある。我ながら適当すぎてどうしようもないが、担当者には「ＫＥＮさんの星座占い、結構好評なんですよ」と言われている。こんな文章もじきにＡＩに取って代わられることだろう。

どう甘く見積もってもこの先好転する未来が見えない。自分ひとりで生きていくならなんとかなるだろうと考えてやってきた結果がこれだ。田中宏のネットワークを利用し、ドリーム・ハピネス・プランニングのような潜在顧客を見つけて事業拡大する道もなくはないが、とにかく面倒くさい。

四十にして惑わず、といったのは誰だったか。俺はすべてを投げ出して昼寝した。

昼寝から目覚めた俺は、受注していた「ふるさと納税サイトの比較サイトの比較サイト」の記事作成を進めた。気付けば18時になっていて、少しはマシな襟《えり》付きシャツに着替える。伸びていたひげもちゃんと剃《そ》った。出かけるのが億劫《おっくう》になると思っていたのに、意外にワクワクしている自分がいて、俺にもそんな一面があったのかと新鮮だった。

家からチャリを漕《こ》ぐこと20分。スマホのナビに案内されたのはザザシティ近くのスポーツバーだった。ドアには「本日貸切」の貼り紙がある。スポーツにもバーにも興味がないから、この手の店に入るのは初めてだ。記事に使えるかもしれないので、入店する前にスマホで写真を撮っておく。

ドアを開けるとさっそく受付テーブルがあった。黒いパンツスーツのすらっとした女性が営業スマイルを浮かべて立っている。

「いらっしゃいませ」

これがドリーム・ハピネス・プランニングで働いているという鏡原さんだろうか。ストレートの髪をひとつ結びにして、しっかりメイクを施している。企業の受付にいてもおかしくないような容貌《ようぼう》で、あの雑然としたオフィスに勤めているとは思えない。30代前半に見えるが、同い年と言われればそんなふうにも見える。

「あの、今日のパーティーに参加する猪名川といいます。先ほど、社長にクーポンをもらいました」

俺が初回無料クーポンを見せると、女性の顔から笑みが消えた。

「高野から聞きました。あなたが弊社の紹介記事を書いてくださるとか」

「はい」

「こちらのパーティー、無料だからといって冷やかしで参加されると困るんです」

どうも様子がおかしい。参加をすすめてきたのは社長だし、もう少し歓迎されてもいいんじゃないか。

「我が社は真剣な出会いの場を提供しています。高野はあなたが独身だからということで誘ったのかもしれませんが、私は本気で結婚を考えている人以外は来てほしくありません」

なぜこんなふうに説教されないといけないのか。だんだんムカついてきた。

「40歳になり、真剣に結婚を考えています」

俺が大きめの声で宣言すると、女性はウソみたいに笑顔になった。

「それでは、身分証明書の提示をお願いします」

さっき社長にも見せたのに、二度手間だ。渋々マイナンバーカードを差し出すと、女性は俺が書いた宣誓書とマイナンバーカードを照合する。

「確認できました。ありがとうございます」

プロフィールカードと「8」と書かれた名札を手渡してきた。

「そうしましたら、名札を首にかけてこちらからご入室ください。空いている席ならどちらに座っていただいても結構です。開始時間までにプロフィールカードにご記入ください」

女性が流暢《りゅうちょう》に説明を終えたところで、背後のドアが開いて次の客が入ってきた。会社帰りらしいスーツの男二人組だ。

「いらっしゃいませ」

すでに俺のターンは終わったようだ。やっぱりスーツで来るような人が多いのだろうか。不安を覚えながら奥に進むと、正方形のテーブルが4つ、椅子《いす》が4脚ずつ並んでいて、すでに半分以上の席が埋まっている。参加者同士話しているところもあれば、黙ってスマホをいじっている者、プロフィールカードに記入している者などさまざまだ。服装もバラバラで、大学の教室みたいである。

　自由席といっても自然と男女に分かれているようだったので、俺は男が二人座っているテーブルに着席した。

机に置いてあったペンを握り、プロフィールカードに目を落とすと、名前に生年月日、身長に血液型といったパーソナルデータが求められていた。そこまでならまだよくて、職業と年収を書かなきゃならないのはキツい。というかほかの参加者はこんな個人情報をさらけ出して平気なのか？　本気の出会いと引き換えにするにはあまりにリスクがでかすぎる。

ほかにも好きな食べ物や趣味、自分の長所やこれまでで一番うれしかったエピソードなど、なんとか絞り出して書き終えた。

隣でスマホをいじっている男は30代前半だろうか。スーツではないがジャケットを着ていて、幾分ちゃんとしている。あのホームページを見てここに来たのか、別の媒体でここを知ったのか、めちゃくちゃ気になる。

前の席の男はプロフィールカードを書いていた。パーカーにスニーカーで、俺と同レベルのやつもいるのだと安心する。名前欄をちらっと見たら「たかし」と書いてあって、俺はまた自分の失敗に気づく。プロフィールカードの名前欄にばっちり「猪名川健人」と書いてしまった。初心者丸出しである。

しかし今さら消すこともできないしとうじうじ悩んでいるところへ、受付にいた女性がマイクを握って前に立った。

「お待たせしました。定刻となりましたので、ドリーム・ハピネス・プランニング主催、ウェルカムパーティーをはじめさせていただきます」

球場のウグイス嬢《じょう》を思わせる、美麗《びれい》な発声だった。やっぱりちゃんとしたところから雇ってい

る司会者なのかと思った次の瞬間、

「私は本日司会を務めます、ドリーム・ハピネス・プランニングの鏡原奈緒子《なおこ》です。どうぞよろしくお願いいいたします」

と、その正体が判明した。参加者たちが一斉に拍手をしたので、俺も合わせて拍手する。改めて室内を見渡すと、男が８人、女が６人。もっと人数が少ないパターンも考えていたが、そんなものかと思える程度には人数がそろっていた。

「この夏の暑さもどこへやら、過ごしやすい日々が続いていますね。朝晩はちょっと寒いぐらいではないでしょうか。皆さまお風邪など引かれていませんか？」

まさかの時候の挨拶である。きっとあのホームページが作られた時代から続く秘伝のソースのように、継ぎ足し継ぎ足し練られてきた原稿に違いない。

「本日は、まず一対一で５分ずつお話をしていただく時間を設けます。女性は固定で、男性が一席ずつずれていく形でお願いします。プロフィールカードを交換していただき、共通の趣味があればそれについてお話しいただいてもいいですし、勤務地が近かったらそのあたりのおいしいお店の話とか、なんでも構いません。もしもなにかお困りのことがありましたら左手を挙げてくだされば、私がすぐに参ります。それではすみませんが、女性の方から椅子を持ってこちらにご移動ください」

鏡原さんは部屋の後方の空きスペースに移動し、女性を誘導した。みんな冷静に椅子を運んでいるが、ここまで客がするものだろうか。

「今日は男性の方が二人多いので、恐れ入りますが7番さんと8番さんは残っていただいて、1番さんから6番さんが先に移動していただけますか」

俺はおそらく最後に申し込んだから8番さんなのだろう。1番さんはいつ申し込んだのか、疑問が膨《ふく》らむ。

「このあと私がスタートの合図を出しますので、5分間自由にお話しください。終わったら番号順にずれていただいて、8番さんが1番さんのところに来て、6番さんはテーブルに戻ります」

鏡原さんが説明するのを聞きつつ、6人並んだ女性をなんとはなしに眺める。見た目から察するに、みんな30代だろうか。俺から見れば6人ともちゃんとおしゃれで、真っ当な生活を送っていそうだ。

「ではいきますよ。トークタイム、スタートです！」

6組の男女がそれぞれ「こんばんは」と頭を下げ、プロフィールカードを交換して話し出す。俺の座っている場所からは女性の表情しか見えないが、みんなにこやかだ。あの6人全員と今から話をすると思ったら、にわかに緊張してきた。よく考えたら、店員以外の女性と話すなんていつぶりだ？

それぞれ話しているのは聞こえるが、内容まではわからない。改めて自分のプロフィールカードを見てみるけれど、職業「Ｗｅｂライター」から話は膨らむだろうか。もんもんと思い悩んでいるうちに5分が過ぎ、歯医者に行くときのような重い足取りで女性の1番さんの前に移動した。どんな顔をしていいかわからず、少しうつむいて合図を待つ。

「トークタイム、スタートです！」

顔を見合わせ、「こんばんは」と頭を下げる。年の頃は30代半ばぐらいだろうか。プロフィールカードを出してきたので、あわてて俺も自分のカードを差し出す。名前はアリサ、年齢は33歳。職業欄にはライターと書かれている。

「えっ、猪名川さんもライターなんですか？」

俺より早くアリサが反応した。

「はい、偶然ですね」

思ったよりすんなり言葉が出てきてほっとする。

「猪名川さんはこのパーティーをどうやって知ったんですか？」

俺もほかの参加者に対して同じことを思っていたし、こういうところが気になるのはライターの性《さが》だろうか。

「あ、えっと、知り合いにすすめられて。アリサさんは？」

田中宏と社長の話をまとめるとそういうことになるだろう。

「わたしは最初、友達と一緒に来ました。この会社のパーティーが友達の職場で評判になってたらしいんです」

あのホームページが思い浮かんで、思わず「えっ？」と声が出た。令和の世の中で評判になるような会社とは思えない。知る人ぞ知る穴場みたいな感じだろうか。

「なんでも、あの鏡原さんが婚活マエストロとして有名で、たくさんのカップルを成立させてきたみたいですよ」

婚活マエストロ。俺は心の中で復唱し、鏡原さんの姿を探す。鏡原さんは壁際で気配を消し、ギリ微笑《ほほえ》んでいるように見えなくもない表情で、トークしている俺たちを監視しているようだった。あれ、でも、マエストロって男のことじゃなかったか？　性別を超越する巨匠ってことだろうか。

「友達はさっそく相手が見つかって卒業しちゃったんですけど、わたしはその後も何度か来てます」

俺はもう「そうですか」と返すので精一杯だった。本当に相手が見つかることなんてあるんだ。ドリーム・ハピネス・プランニング、恐るべしである。

「リピーターさんが多いんでしょうか」

「何度か見た顔はいますね」

アリサはふふっと笑った。

「ふんふん、猪名川さんは城北にお住まいなんですね」

「そうです。大学の近くのマンションに学生時代からずっと住んでて」

「えっ、20年以上同じ部屋に住んでるってことですか？　面白いですね」

まあまあ珍しい自覚はあったが、面白いと表現されるとは思わなかった。

「ローソンがそばにあるから便利ですよ。築30年を超えていて、田中さんっていう大家さんが最上階に住んでるんです」

「へぇ、珍しい」

もしもアリサと俺が付き合ったりしたら、田中宏がキューピッドってことになるのだろうか。きっと喜んでくれるだろうなと思ったら頬《ほほ》が緩《ゆる》んだ。

「大学を出てからずっとフリーなんですか？」

アリサに聞かれてあわてて表情を戻す。なんでこんな根掘り葉掘り聞かれないといけないのかと思ってしまったが、真剣な出会いの場とはそういうものだろう。たとえ全部を話したとして、アリサとはこの場限りの付き合いになる可能性が高い。「いろいろあって」とごまかすこともできるが、話してみるのも悪くないだろう。

「レンタルビデオ屋に勤めてたんです」

大学の頃にバイトしていたレンタルビデオ屋で、なぜか俺は働きぶりが認められて正社員になったのだった。名の通った全国チェーンではなかったが、それでも県内で複数店舗を展開するような会社ではあった。

しかしレンタルビデオ業界がたどった運命は皆の知る通りだ。会社はレンタルビデオ事業の撤《てっ》退《たい》を余儀なくされ、俺は職を失うことになる。残されたのは簡単な接客とビデオやＣＤを並べるスキルしかない三十路《みそじ》の独身男で、就職活動にも力が入らない。

しばらく無職生活を送っていたころ、当時流行りはじめていたクラウドソーシングサイトを知った。登録して文章を書いてみたら、意外にハマって今に至る。

「へぇ～、そうなんですね」

アリサは興味深そうにうなずいてくれた。

「アリサさんは？」

「わたしはフリーペーパーを作る会社で編集者兼ライターみたいなことをしてたんですけど、今はフリーでやってます」

俺のようなザコいライターとは違う、ちゃんとしたライターらしい。

「田舎に住んでる親が、そろそろ結婚しろってうるさくて。でも実際わたしも誰かと住みたいなって気持ちがあります。体調が悪いときとか、一人じゃつらいじゃないですか」

「そうですね、それはわかります」

「猪名川さんの親は結婚しろとか言いませんか？」

「あぁ、なんか諦められてるみたいで」

妹が実家の近くに住んで子育てしているため、孫の顔を見たいという念願は叶っている。俺はもう道を外さず生きていてくれたらいいと思われているらしかった。

「はい、5分経ちました。移動をお願いします」

俺とアリサは「ありがとうございました」と頭を下げた。思ったより平気だったと晴れ晴れした気持ちで隣の椅子に移る。あとの5人とも過去の話や今の話を織り交ぜながら、トークタイムを終えた。

「皆さん、お疲れ様でした。気になるお相手は見つかりましたでしょうか。もし、この方と特にお話ししたいという方がいらっしゃったら、テーブルの上に用意しました『印象カード』にご記入ください。次のフリータイムでお話しできる確率がより高まります。もちろん、まだ決めかねる方は書かなくても構いません。続くフリータイムで、ぜひ積極的に話しかけてみてくださいね」

なるほど、初参加者にもわかりやすい説明である。印象カードには気になる相手の番号と、メッセージを書く欄があった。１番のアリサとの会話が一番盛り上がった気がするが、指名するのはなんだか気恥ずかしい。

男たちが印象カードを書きはじめるので、俺もペンを持って悩んでいるふりをする。その間、鏡原さんは参加者たちにグラスに入ったお茶を配る。

そういえば俺はタダめしを期待してここに来たのだった。もしかして、食べ物は出ないのだろうか。食べ物が出ないのに５０００円とは強気すぎないか。出されたお茶を口に含むと、実家の麦茶みたいな味がした。

結局俺は印象カードを書けないまま、後半戦に突入した。

「それでは印象カードの結果を発表します。男性１番さんは、女性４番さんをご指名です」

こんなふうにさらされるとは思ってなくて、書かなくてよかったと安堵《あんど》する。読み上げられた番号同士は目を見合わせて軽く会釈《えしやく》をしている。ほかの人は素知らぬ顔で鏡原さんに視線を向けているが、内心ドキドキしているに違いない。

俺を気に入るような女性はいないと諦めていたから、男性８番さんと２回呼ばれたのには驚いた。１枚は１番のアリサ、もう１枚は３番のまこである。鏡原さんに案内されて、まずはまこと話すことになった。

「マイケルについてもうちょっと話したくて」

まこは海外ドラマの『ミラクル・ヒューストン』にドはまりしているのだが、身近に見ている人がいないとのことだった。俺はつい最近海外ドラマランキングの記事を書くことになり、そのときに動画配信サイトで上位の海外ドラマをチェックしていた。ほぼ倍速で流し見しただけだが、『ミラクル・ヒューストン』のことはなんとなく覚えていて、登場人物のマイケルが印象的だったと話したら、まこの目が輝くのがわかった。

「本当に、第8話のマイケルの演技がたまらなくて……」

さっきのトークタイムの続きとばかりにまこが語りだす。ドラマの内容は正直うろ覚えだったので適当に話を合わせていたが、まこの熱いマイケル語りを聞いているうちに記憶が蘇《よみがえ》ってきた。

「リズが帰るときに、ほんの一瞬だけ目の色が変わるんですよね」

「そう！　そこです！　わたしもあのときのマイケルの切ない表情が忘れられなくて」

まこは他にもマイケルのマニアックな萌えポイントを列挙し、俺は適当に相槌《あいづち》を打って会話を終えた。

「こんなにマイケルのこと語れたのはじめてです〜。ありがとうございます」

まこの表情は晴れやかで、俺ももう一度『ミラクル・ヒューストン』を見返してみたくなった。

周囲に視線をやると、女性一人と男性二人が話しているのが目に入った。男のほうが人数が多かったし、こういう状況にもなるのだろう。

「８番さーん、今度は１番さんとお話しなさってはどうですか？」

鏡原さんがアリサを連れてやってきた。

「あっ、はい」

俺が承諾《しょうだく》すると、鏡原さんは自然な様子でまこを次の相手のもとへと連れていく。

「慣れてきました？」

アリサが先輩風を吹かせてきた。

「はい、まぁ」

「フリーだと、なかなか他人と話す機会がなかったりしますよね。わたしも普段はメールばっかりで、声を出すことが少なくて」

俺たちはフリーランスあるあるや、最近手掛けた記事の話で盛り上がった。

「きのうは星座占いの記事を書いてました」

「ええっ、占いできるんですか？」

「まぁ、それらしいことは」

「それってインチキじゃないですか」

アリサは楽しそうに声を上げて笑う。あんな三文記事、アリサが目にすることはないだろう。ほぼ一方的にマイケルの話を聞かされた後だと、アリサへの共感を強く感じる。印象カードで名指ししてくれたという事実も手伝い、ちょっといいかななんて思いはじめている。田中宏の言っていた「そばにいて苦にならないタイプ」ってこんな感じだろうか。

「それでは、みなさんお席に戻ってカップリングカードの記入をお願いします。第3希望まで書けますので、ぜひこの人ともっとお話ししたいという方の番号をお書きくださいね」

いざ書くとなるとペンが止まる。もしかしたら近い将来、結婚するかもしれないのだ。こんな成り行きで出席した婚活パーティーで人生を決めてしまっていいのか？　相手に対しても失礼ではないか？　考えれば考えるほど逃げ出したくなってくる。

「お悩みですか？」

鏡原さんが親切そうな笑みを浮かべて話しかけてきた。

「すいません。荷が重く感じてしまって」

「8番さん、私どもがここで提供しているのは『出会い』です。出会いはあくまで入口に過ぎません。出会った二人がどこにたどり着くか、誰にもわからないんです。でも、ここにいらっしゃる皆さんは本気の出会いを求めて来られた方たちです。せっかくなら、すてきな出会いを持ち帰ってほしいというのが弊社の願いです」

その言葉に、肩の力が抜けた気がした。たしかにみんながみんな結婚するわけじゃないし、もう少しアリサと話してみたいという気持ちだけで十分ではないか。俺はカードに「1」と書いて提出した。

かくして、男性の8番さんこと俺と、女性の1番さんことアリサはカップル成立し、拍手で送り出されてモール街のサイゼリヤに入った。

「婚活パーティーって食事が出ると思ってました」

「あぁ、出るところもあるんじゃないですかね。ここのパーティーは麦茶だけですけど」

サイゼリヤはアリサが提案してくれた。俺は高級レストランなんか行けないし、こういうところで価値観が合うのは重要だ。たとえ恋愛に発展しなくても、楽しく食事ができたらいいなと思えた。

俺がミラノ風ドリア、アリサはペペロンチーノを注文して、仕事の話になった。

「猪名川さんってペンネームあるんですか？」

「ペンネームってほどじゃないけど……アルファベットでＫＥＮ」

「そんな、たくさんいすぎて検索に引っかからないじゃないですか」

アリサがスマホを見ながら笑う。

「はじめて気の合う人とマッチングできたかもしれません」

もしかしてアリサも運命を感じているのかと思ったら、急にドキドキしてきた。軽い気持ちで参加した婚活パーティーで運命の相手を見つけました、そんな嘘《うそ》みたいなイベントが俺の人生に起こるのだろうか。

「今度、ライターの勉強会があるんですけど、よかったら一緒に行きませんか？」

なるほど、こうして人脈も増えるのかとうれしくなる。

「どんな勉強会ですか？」

「オンラインサロンで月商２０００万円を稼いでいる人で、わたしたちにライターのノウハウを教えてくれるんです」

ん？　どうも雲行きが怪しくなってきた。いやしかし、アリサは同業者として親切で教えてくれているに違いない。

「あれ、アリサじゃん」

「わぁ～、平川《ひらかわ》さん！　偶然ですね」

スーツ姿の謎の男がアリサに馴れ馴れしく話しかけてきた。

「この方、猪名川さんっていうんですけど、ライターやってるんですって。今度の勉強会にお誘いしようと思って」

「えっ？　そうなの？」

俺はようやく事態を飲み込んだ。目の前で繰り広げられる仕組まれた茶番。アリサがサイゼリヤで俺をライター勉強会に誘い、偶然その関係者に会ったという。

「猪名川さんにとっても悪い話じゃないですよ。40歳になって、ますます収入を増やしていきたくないですか？」

「勉強会は無料なんで、気軽に参加していただいて構いませんよ」

平川という男が俺に語りかける。その様子はあくまで自然で、怪しさなど感じさせない。

「そうだ、平川さんもご一緒にどうですか？　猪名川さん、平川さんはフリーの編集者なんですよ」

おいおい、俺たちは婚活パーティーでマッチングしていい感じになっていたんじゃなかったか。

もうちょっとうまくやってくれよと言いたくなる。まさかドリーム・ハピネス・プランニングもグルだったのではあるまいか。

「すみません、俺、用事を思い出したので……」

「お待たせしました、ペペロンチーノとミラノ風ドリアになります」

そこへタイミング悪く料理が運ばれてきた。

「いやいや、せっかくですし食べていってくださいよ。ねぇ、平川さん」

「うん、まずは話だけでも聞いてもらって」

たしかに俺も腹は減っているのだ。しかしこいつらと関わり合いになりたくない気持ちのほうが大きい。

「あっ、さっき言ってた星座占いってこれですね。ＫＥＮって書いてある」

アリサがこっちに向けたスマホの画面には、まごうことなき俺のインチキ星座占いが表示されている。しっぽをつかまれてしまって、逃げ出そうにも逃げ出せない。

「その先輩ももともと猪名川さんみたいな在宅ライターだったんです。それが、大きく稼ぐ方法を見つけて、今はみんなにシェアする段階に入っているんです」

俺は沈む気持ちで適当な返事をしながらミラノ風ドリアを口に運ぶ。こんな状況でもサイゼリヤは安定してうまい。

「だから猪名川さんにも絶対悪い話じゃないですよ」

「そうそう。合わなかったら一回でやめてもらっていいし」

一度引き込まれたら最後、カモにされるに決まっている。さて、俺はどうやってこの窮地《きゅうち》を切り抜けたらいいのか。トイレになんて行かせてもらえないだろうし、スマホで助けを呼べたとしても今すぐ来てくれそうな友達なんていない。

「すみません、興味ないので」

「最初は皆さんそうおっしゃるんですけど、興味がない人でも来てよかったって言ってくれるんですよ」

「猪名川さん、さっき、新しい分野を開拓したいって言ってたじゃないですか。わたしもこの勉強会で、世界が広がりました」

アリサも平川も真剣そのものだ。もしかして本気で洗脳されているのかもしれない。行くふりをして当日ドタキャンとかできるだろうか。

「猪名川さんって、城北のローソンの近くのマンションに住んでるって言ってましたよね。もしかして、ここですか？」

アリサが今度はレジデンス田中を特定してきた。婚活パーティーなんて個人情報の宝庫じゃないか。これはもう終わったと思ったところへ、後ろのボックス席から人が立ち上がる気配があった。

「川村《かわむら》亜里沙《ありさ》さん、参加者への迷惑行為として10万円お支払いいただきます」

振り向くと、鏡原さんが鋭い目つきでこっちを見ていた。

「そういうことをされると弊社としても困るんですよ」

鏡原さんの向かいからつかつかと近寄ってきたのは社長だった。昼間の腰の低い態度とは似ても似つかぬ夜の雰囲気をまとっている。

「ドリーム・ハピネス・プランニングは安全安心の環境で本気の出会いを提供しておりますので」

「すみません、僕はたまたま通りかかっただけです」

逃げ出そうとする平川の腕を社長が素早く捕まえる。

「お店に迷惑がかかるといけないし、外に出ましょうか」

鏡原さんが言うと、アリサは引きつった笑みを浮かべた。

「やだなぁ、鏡原さん、わたしはただ猪名川さんを勉強会に誘っただけで……」

「先ほどの会話、全部録音しています。逃げられるとお思いですか?」

鏡原さんが印籠《いんろう》のようにスマホを見せつける。

「お騒《さわ》がせしてすみません」

気付けばまわりの客がこちらを見ている。鏡原さんは落ち着いたトーンで謝罪し、アリサを連れて店を出ていった。社長も平川を連れて後に続き、俺はタイミングを逸して取り残される。だいたい、ここの支払いは誰がするんだ。食い逃げじゃないですよという顔で居座り、ミラノ風ドリアを食べ続けた。

しばらくして、社長と鏡原さんが戻ってきて俺の前の席に並んで座った。

「猪名川さんにはご心配をおかけしてすみませんでした」

社長はまた薄い頭頂部を見せるように頭を下げた。平川を連行したときの社長と比べたら、ふた回りぐらい小さくなった気がする。

「10万円払わせたんですか？」

「はい、あの男と割《わ》り勘《かん》で払わせました」

鏡原さんが現金10万円を見せる。千円札と五千円札も交じっていて、リアルだ。

「てっきり御社もグルなのかと」

俺が言うと、鏡原さんはわかりやすく顔をしかめた。

「そういう誤解を生むから、あのような問題客は懲らしめないといけないんです」

アリサは前回のパーティーでも別の男にこうした勧誘を行い、苦情が来ていたそうだ。

「このような事態に巻き込んでしまって申し訳ありませんでした。記事作成の仕事も、差し支えがあれば辞退していただいて構いません」

さっきの威勢の良さが幻のように、社長がぼそぼそ謝罪する。

「いえ、やらせてもらいます」

俺は正直なところ、興奮していた。これを手放したら、また単調な日々に戻ってしまう。今日一日外に出ただけで、急激に気が大きくなっていた。

「結果、こういうことになってしまいましたが、婚活パーティーの流れはよくわかりました。もっと、御社のことを知りたいです」

社長と鏡原さんが顔を見合わせる。

「次のイベントにも参加されますか？」

「いや、今度は参加者じゃなくて、ライターの取材として行かせてもらいます」

俺が言うと、鏡原さんは口元を緩めた。

「それでは11月２日15時から、城北コミュニティセンターで」

こうして俺は40代のスタートとともに、婚活業界に足を踏み入れたのだった。

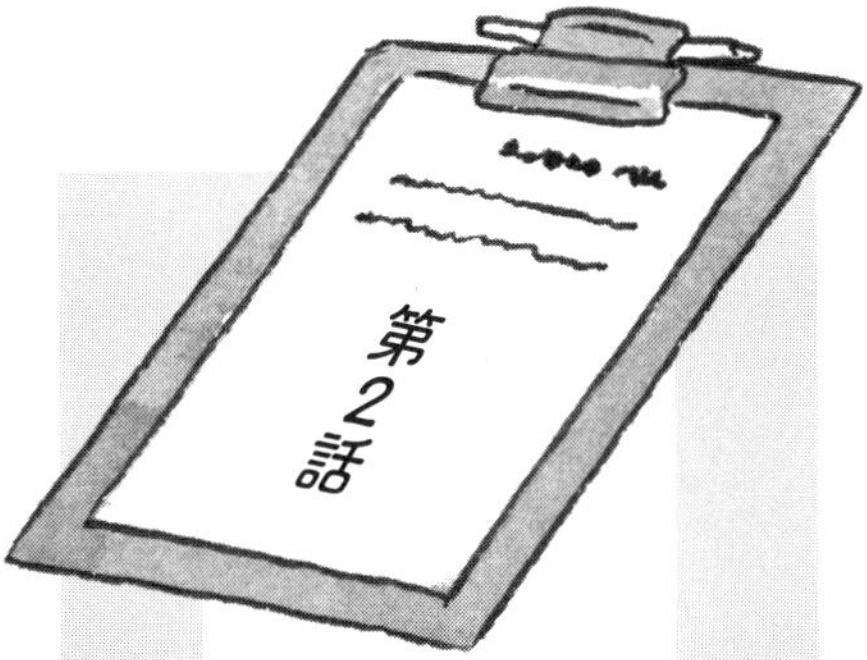

婚活傍観者

一人暮らしには快適な六畳一間も、他人が来ると狭すぎて酸素が薄く感じられる。大学生なら大勢でワイワイやっても許されるだろうが、四十路のおっさんは3人で定員オーバーだ。

「この部屋に来ると、タイムスリップしたみたいな気持ちになるよ」

桑原《くわばら》はそう言って床に寝っ転がった。杉田《すぎた》も「そうだよなー」と同意する。

「いやいや、もうテレビデオじゃないから」

俺は大学入学から20年以上同じ部屋に住んでいる。今使っているテレビは三代目だし、カーテンやラグなどマイナーチェンジをしているが、大学時代からの友人には何も変わっていないように見えるらしい。

「この宅飲みも最高に大学生って感じ」

同じ学部で仲良くなった桑原と杉田は年に2回程度、こうして俺の部屋を訪ねてくる。冬はこたつになるローテーブルに、ローソンで買った缶ビールや缶チューハイ、ポテトチップスにナッツ類が雑多に並んでいる。

「だいたい、ほかの入居者ってみんな大学生じゃないの？　なんでこんなおっさんがいるんだって目で見られない？」

「見られたところで、あいつらは4年で出ていくから気にならないよ」

むしろ20代後半の頃がキツかった。翳《かげ》りが見えるレンタルビデオ屋で働いていた俺には、これから何にでもなれる大学生がまぶしくて仕方なかった。

30を過ぎて在宅ライターになってからは悟りの境地である。夜中に宅飲みらしき笑い声が聞こえてきても、「元気だねぇ」と流す余裕がある。

「大学生の頃は良かったよな〜。昼まで寝てても授業サボっても怒られないし」

桑原は新卒で入社した金融機関に今も勤めている。年々おでこが広くなっているが、声がでかいのは相変わらずだ。

「ほんとほんと。ケンちゃんがうらやましいよ」

杉田はブラック企業勤務を経て、今は地元の市役所で働いている。三文ライターの俺から見たらふたりとも真っ当すぎる存在だ。

「そんなこと言って、俺みたいにはなりたくないって思ってるだろ」

俺が憎まれ口を叩くと、桑原は「まぁ、結婚しちゃったからな」と笑う。

「やっぱり、子どもがいると、こういう暮らしはできないもんな」

「あれ？　桑原んちの子ども、いくつだっけ？」

そういう杉田は３年前に結婚し、去年子どもが生まれたという。

「上が小１で、下が４歳」

「小１？」

俺は思わず声を上げる。桑原と杉田とはＬＩＮＥでなんとなく連絡を取り合っていて、大きなライフイベントについては逐一報告を受けていた。しかし、桑原から子どもが生まれると聞いたのはつい最近のように感じる。バスタオルに包まれていたような赤子が、もうランドセルを背負って歩いているのか。

「女の子なんだけど、黒いランドセルを選んだんだよ。うっかり『女なのに黒？』って言っちゃって、嫁さんに怒られた」

「うわー、俺も気をつけないと」

桑原と杉田が盛り上がるのを横目にアーモンドをぼりぼり食べる。たいがい家の中にいる俺でも、世の中ジェンダーレス化が進んでいるのは知っている。俺だって一昔前なら「男なのに仕事に出ないでぶらぶらしている」と陰口を叩かれていたことだろう。いや、今も聞こえないだけで言われている可能性はあるが。

「二人はどうやって結婚相手を見つけたの？」

「おっ、おまえも結婚したくなった？」

桑原が体を起こしてにやりと笑う。

「たぶんこのへんでも行政主導の婚活事業があるんじゃないかな」

杉田はメガネのフレームを直し、スマホでなにやら調べはじめた。

「いやいや、そうじゃない。おまえたちの話を聞きたいんだ」

俺は結婚じゃなくて婚活に関心があるのだ。両者は似ているようで大きく異なる。

「なんで？」

「仕事で、婚活について調べてるんだよ」

口に出すと大層《たいそう》だが、どんな記事を書くのか具体的な話はまだ出ていない。来週、ドリーム・ハピネス・プランニング主催のシニア向け婚活パーティーを取材することだけが決まっている。

「俺は全然たいしたことないよ。嫁さんが派遣社員でうちの職場にいて、仲良くなって付き合ったって流れ」

桑原が事もなげに言うが、同じ職場の派遣社員と仲良くなって付き合う過程が俺にはさっぱり理解できない。

「杉田は？」

「俺は……うーん、これ、記事とかに書くの？」

この言いづらそうにしている感じ、俺は「書かない」と答えるほかないだろう。

「書かない。絶対に書かない」

「婚活アプリで知り合ったんだよ」

俺と桑原が「マジで」と色めき立つ。

「あんなの全部詐欺《さぎ》だと思ってた」

桑原の気持ちはよくわかる。俺たちはインターネットが流行りだした90年代後半にネチケットを叩き込まれた世代で、実名や写真をネットにアップしてはいけないものだと思っている。ましてや、ネットで知り合った人と実際に会うなんて、隔世の感がある。

「ちゃんと結婚を考えてる人用のアプリだから」

杉田が主張するが、全員が全員そうではないだろう。

「ケンちゃんも登録する？　俺の招待コード入れたらポイントもらえるよ」

「おっ、いいじゃん、やってみたら？」

杉田が見せてくれた画面には「マリメリ」と書かれている。ネットの広告で見たことがあるようなないような名前だ。

「いや、俺はやめておくよ」

これまでもクラウドソーシングサイトで「マッチングアプリのレビュー記事募集」をたびたび目にしていたが、マッチングアプリに登録するのが嫌でスルーしていた。想像だけでも書けるんじゃないかという悪魔の声は無視した。こたつ記事量産ライターにも矜持《きょうじ》があるのだ。

「だいたい、個人情報とか心配じゃないの？」

「たしかに最初は気になったけど、職場でもやってるやつが結構いて、どのアプリが出会いやすいとか教えてくれるんだよ。市役所って職場結婚が異常に多いんだけど、それは避けたいっていうひねくれ者がこぞってやってたな。俺以外にも二人、アプリで結婚したやつがいるよ」

「そういう場合、親とかに説明するときはどこで知り合ったって言うの？」

「知人の紹介で、が定番かな」

この場合、知人が紹介したのは新婦じゃなくてアプリだが、ウソは言っていない。

「ちなみに、婚活パーティーは行ったことある？」

「うーん、そんなに大層なもんじゃないけど、市のイベントに行ったことあるよ」

アプリもパーティーも経験済みなんて。そんな婚活上級者が身近にいたとは驚きだ。

「すげえな」

桑原も俺と同じ感想を抱いているようだ。

「っていっても婚活パーティーは人数を増やすための動員だよ。田舎だから参加者にそんなバリエーションがないんだ。男は市役所とか農協とか信金に勤めてて、女は実家に住んでイオンで働いてる人ばっかりだったな」

「へぇ〜」

杉田が話す婚活パーティーの様子は、俺がこの前参加したドリーム・ハピネス・プランニングのパーティーとそう変わらなかった。

「婚活、楽しかった？」

我ながら適当な質問をすると、杉田は「全然」と首を横に振る。

「だいたい、ゴールが見えないじゃん。大学入試なら1年か2年で終わるけど、結婚なんて何年かかるかわからないし、結婚しない人生だってある。俺はたまたまアプリで知り合って結婚できたけど、ほんとにたまたまとしか言いようがない」

「たまたまねぇ……」

鏡原さんが「本気の出会い」と言っていたのを思い出す。「本気」と「たまたま」には温度差があるが、本気の出会いを果たして、たまたま結婚できた、というのは両立する気がした。

ふと我に返ると桑原がニヤニヤしながらこっちを見ている。

「なんだよ」

「ケンちゃん、大学のとき同じクラスの子と付き合ってたなって思い出して」

「あぁ、いたいた。梨花子《りかこ》ちゃんだっけ？　携帯に大量のストラップつけてた」

古い記憶を掘り起こされて、充電中のガラケー並に顔が熱くなる。梨花子は大学時代に1年半付き合った相手で、その名前は数年に一度ふわっと思い出すことがあった。今さら未練なんて1ミリもないのだけど、そんなふうに誰かと付き合っていた時期があったのだとしみじみさせてくれる名前だ。

「この部屋にも来たことあるんでしょ？」

「うわー、そう考えるとエモいな」

勝手に騒ぐ二人だが、梨花子が来たのはもう20年も前のことで、現世のこととは思えない。黙っている俺が落ち込んでいると思ったのか、

「昔彼女いたことあるんだから、今のケンちゃんにもきっといい人見つかるよ」

と桑原がフォローする。

「そうそう。一応、マリメリの招待コードを送っておくね」

杉田がスマホを操作すると、俺のスマホがポォンと間抜けな音を立てた。

ドリーム・ハピネス・プランニングのホームページは相変わらず古めかしい仕様で、来週行われる城北コミュニティセンターでのシニア婚活パーティーを紹介している。まるでボロボロのバ

ス停に最新の時刻表が貼られているかのようだ。

ローソンでも行くかと外に出ると、マンションの大家である田中宏が日課の掃除をしているところだった。

「今度、城北コミュニティセンターでシニア婚活パーティーがあるんですけど、田中さんは来ないんですか？」

「いやぁ、高野さんからも電話かかってきたんだけどさ、ケンちゃんが取材に来るって言うからやめとくよ」

「別に俺がいたっていいでしょう」

「ああいうのは、知らないモン同士で集まるからいいんだよ。なんつうの？　非日常感？」

まぁ気持ちはわかる。あの中に知り合いがいたら気まずいだろう。

「普段は偉そうにしてるジジイも、女性の前では全然話せなかったりするからね。それとは逆に、いつもヘコヘコしてるやつが女性にはグイグイ行ったりして。そういうのが婚活の醍醐味《だいごみ》なんじゃないかな」

「深いですね」

適当に相槌を打つと、田中宏は「そうだろう」とご満悦《まんえつ》の様子だった。

「そういや、広報はままつにも参加者募集って載ってたな」

「ええっ、市の広報に？」

俺はドリーム・ハピネス・プランニングを侮《あなど》っていた。市の広報で宣伝するほどちゃんとした会社だったのか。
俺はスマホで広報はままつを検索し、PDFを表示する。いきいき体操クラブと生け花サークルのお知らせに挟まれて、シニア婚活パーティーの告知があった。

本気の出会いを求めるアナタへ
65歳以上の方ならだれでもOKです。
初めての方もお気軽にどうぞ!

日時　11月2日(木)15時〜
場所　城北コミュニティセンター2階ホール
参加費　無料
持ち物　身分証明書
申し込み　ドリーム・ハピネス・プランニング(000-0000)

広報にしっかり目を通しているのなんて年寄りばかりだろうし、ホームページより広報に力を入れる方向性は間違っていない。
だけどこの前のパーティーに来ていた同世代のやつらがどうしてパーティーを知ったのか、依然として謎である。

「ていうか、参加費無料なんだ」

若者からは５０００円徴収《ちょうしゅう》するくせに、年寄りは無料。これも若者が選挙に行かないせいだろうか。

「これは市が補助金出してるんじゃない？　城北コミュニティセンターって市の施設だし」

「そういうものなんですかね」

いまいちこのビジネスの内情……というか、ドリーム・ハピネス・プランニングの経営状況が見えてこない。そんなに儲《もう》かっていないそうなのに、あのホームページが市民権を得ていた時代から長く続いているらしい。

「ドリーム・ハピネス・プランニングの経営がどうやって成り立っているか、ちょっと気になっちゃって」

田中宏は持っていた竹箒を抱え込んで腕を組む。

「そうだよなぁ、俺も高野さんとは知り合って間もないからわかんないけどさ、昔はもっと別の事業もやってたんじゃないかな。なんかわかったら教えるよ」

俺は田中宏に「よろしくお願いします」と軽く頭を下げて、ローソンに向かった。

パーティーの受付は14時30分からと聞いていたが、その15分前には城北コミュニティセンター2階ホールに到着した。

ホールとは名ばかりの、広い会議室みたいな部屋だ。長辺を合わせた長机2つにテーブルクロスをかけて、ちゃんとしたテーブルっぽく見せている。8台並んだテーブルにはそれぞれ4人分のプロフィールカードとパイプ椅子《いす》が並んでいて、椅子の背もたれ部分には「1」「2」と番号が振られていた。

テーブルには早く来たらしいおばあさんがすでに一人座っていて、プロフィールカードを記入している。その脇には鏡原さんが立ってサポートしていた。

「おはようございます」

思いがけず業界人みたいな挨拶になってしまったが、12時に目を覚ましたからまだ朝みたいな気持ちだ。

「あぁ、猪名川さん。おはようございます」

最初のパーティーで出会ったときは不審な参加者として冷たい目で見られていたが、今日は取材者として来ているせいか、にこやかに迎えてくれた。紺色《こんいろ》のパンツスーツで、前回同様しっかりメイクしている。

「思った以上にたくさんの申し込みがあったんです。もしかしたら猪名川さんにも話しかけてくるお客様がいるかもしれませんが、対応お願いできますか？」

「はい」

勢いで返事をしてしまったが、それはタダ働きということか？　今後ライターの仕事を受注すれば金銭の受け渡しが発生するが、そこに年寄りの相手を含めるのはちょっと違うのではないか。

そうした不満を心のうちでモヤモヤと膨らませていると、鏡原さんは小声になって、

「もしよろしければ、今晩、社長を交えて食事しましょう」

　と食べ物で釣《つ》ってきた。

「わかりました」

　そして俺も素直に釣られた。このところの値上げラッシュで節約を求められ、晩飯をふりかけご飯一杯で済ませることもある。外食には無条件で心が躍《おど》った。

「たくさんの申し込みって、何人ぐらいですか？」

「男性18人、女性12人の30人ですね。ドタキャンの人もいるので、実際来るのはもうちょっと少なくなると思いますが」

「30人？」

　予想外に多かった。この地域にそれほど「本気の出会い」を求める独身シニアがたくさんいるというのか。

「すみませんが、これを下げていただいていいですか」

　鏡原さんは「ＳＴＡＦＦ」と書かれた吊り下げ式の名札を手渡してきた。スタッフとして稼働《かどう》すると知っていたら、長袖《ながそで》シャツにジーパンという大学生みたいな服装じゃなくてもうちょっとマシな格好をしたのだが。

「これから私が受付をしていきます。席は自由なので、適宜空いている席に誘導してください。着席したらプロフィールカードを記入してもらうんですが、たぶん猪名川さんにもあれやこれやと話しかけてくると思います。困ったことがあれば、遠慮《えんりょ》なく私を呼んでください。よく聞かれるのはトイレと喫煙所ですね。トイレは左に出て突き当たりで、喫煙所はありません」

ここで何度もイベントをやっているのだろう。鏡原さんが慣れた調子で説明する。

「リピーターさんも多いんじゃないですか」

思い浮かんだことを口にすると、鏡原さんは顔の前で手を振り、「それが、意外にそうでもなくて、ご新規さんのほうが多いんです」と答えた。

「こんにちは～」

鏡原さんの声が仕事モードに切り替わった。競艇場にいそうな、ジャンパーを着たおじいさんが入ってくる。鏡原さんは視線を合わせ、ゆっくり丁寧に話しはじめた。

「お名前教えていただけますか」

「松田《まつだ》です」

鏡原さんが素早く名簿に目を落とす。

「松田昭二《しょうじ》様、ようこそお越しくださいました。身分証明書をお見せいただけますか」

「はぁ？」

「身分証明書です。マイナンバーカードや、保険証、なんでもかまいません」

「なんだって？」

俺は背中がぞわっとするのを感じた。決して威圧的な言い方ではないが、相手を敬おうとする気持ちが感じられない。鏡原さんはこのやりとりを30回やるのか。

「松田様の、住所と氏名が書かれた証明書を見せてください」

松田昭二はズボンのポケットから財布を取り出し、ぶっきらぼうにカードを渡す。

「まずは、自己紹介カードを書いていただきます。お好きな席に座って、記入欄を埋めてください」

鏡原さんが一通りの説明を終える頃には、すでに順番待ちの列ができていた。近くで何もせず立っている俺に対し、冷たい視線が向けられている気がする。

「はぁ？」

「こちらの席にお越しください。お相手の女性に松田様のことを知っていただくための、履歴書を書いていただきます」

俺はその場の空気に耐えられず、松田昭二を席へと案内した。この調子でどうして婚活パーティーに来ようと思ったのか、不思議でならない。鏡原さんは俺の顔を見て大きくうなずき、受付業務を再開した。

「兄ちゃん、代わりに書いてよ」

ここで断ったところで、持ち場なんてあってないようなものだ。俺はプロフィールカードに添えられたペグシルを手に取り、松田昭二の個人情報を代筆することにした。

シニア用プロフィールカードは、前回俺が記入したものよりも字が大きく、項目が少なくなっていた。

「まず、お名前を教えてください」

「松田昭二。松田聖子の松田に、昭和の昭、数字の二」

前回俺はここに実名フルネームを書いて失敗したわけだが、シニア婚活においてはそこまで考えなくていいだろうか。俺はプロフィールカードに「松田昭二」と書き込み、ふりがなをふる。

「次は生年月日です」

「昭和22年5月20日」

俺の親父が昭和28年生まれだから、それより6歳上である。といってもすぐに計算できない。親父っていくつだっけ？

「おいくつですか」

計算するのを放棄《ほうき》して尋ねると、「76」と答えが返ってきた。そういえば俺と親父はちょうど30歳差だから、親父も今年で70になったんだよなとぼんやり思う。

年齢の次の欄は「お住まい（書ける範囲で構いません）」だった。

「このあたりにお住まいなんですか？」

「生まれも育ちもこのへんだよ。昔は追分町っつったんだけど、いつのまにか城北二丁目になったんだよな」

なにが松田昭二のツボを刺激したのか、ローカルネタを語りはじめる。ともかく城北二丁目に住んでいるのは間違いなさそうなので、「城北二丁目」と書き込んだ。松田昭二が特に何も言わないので、次に進む。

「松田様の趣味はなんですか？」

「ねえな」

あまりに潔《いさぎよ》い返事だった。

「どんなことでもいいんです。お休みの日にされていることとか」

「休みっつっても毎日休みだからな」

言われてみればたしかにそうだ。俺の親父も家で一日中テレビを見ていると母親から聞いている。

そこで俺ははっとした。ここに参加しているってことは、松田昭二には「お父さんが一日中家にいてやんなっちゃう」と言う妻がいないのだ。

「普段おうちでどんなふうに過ごされているんですか」

思わず自分が聞きたいことをそのまま聞いていた。俺だってこのままいったら松田昭二と同じ道をたどることになる。良いとか悪いとかじゃなく、明日は我が身だ。

「テレビ見てる」

まぁそうだろうなと思う。しかし趣味の欄に「テレビ鑑賞」と書くのも無粋だ。俺が頭を悩ませていると、助け舟がやってきた。

「松田様、この『趣味』というのは、お相手が会話のきっかけにするためのものです」

鏡原さんはしゃがみ込み、座っている松田昭二の顔をじっと見つめる。

「なければ『なし』でもいいのですが、それでは松田様という人物を知ってもらうきっかけをひとつ逃してしまいます。テレビで見るのが好きなスポーツなどありませんか？　たとえばお相撲《すもう》を見るのが好きなら『相撲観戦』と書かれると、お相撲を好きなお相手と力士の話題で盛り上がるかもしれません」

　俺はなんとはなしに会場全体を眺めてみた。気付けばほかの席も埋まって、にぎやかになっている。

「たしかに相撲は毎場所15日全部見てるな」

「いいじゃないですか！　ぜひ書きましょう」

　受付に二人連れのおばあさんが現れると、鏡原さんは「すみません、受付に戻ります」と言って去っていった。

「じゃあ、相撲観戦」

　松田昭二に言われて我に返る。あれ、相撲ってどう書くんだっけ。俺はスマホでカンニングして「相撲観戦」と書き込んだ。

「次は……『これまで一番がんばったこと』だそうです」

　なかなかの無茶振りである。少なくとも俺が出席した通常の婚活パーティーにはなかった質問だ。仮に俺が質問されたとして、どう答えるべきかわからない。

「仕事かなぁ」

　松田昭二が無造作に投げたブーメランが俺に突き刺さる。俺は仕事すらがんばった実感がない。

「どんなお仕事をされていたんですか」

　俺が尋ねると、松田昭二は遠くを見るような目をした。

「電器屋だよ。ナショナルの店で、販売とか修理とかやってた」

俺の地元にも町の電器屋さん的な店があったなと懐かしく思い出す。ああいうところに勤めていた人たちはどこに行ったのか、考えたこともなかった。

「へぇ、たとえばどんな修理が多いんですか」

「テレビが映らなくなったとか、冷蔵庫が冷えなくなったとか、そんなとこよ」

「今でも直せるんですか」

「物によるな」

仕事の話をはじめた途端、松田昭二が急に若返ったようだ。プロフィールカードにこんな効果があるなんて思わなかった。

俺は松田昭二の仕事についてしばらくやり取りをした。というのも、次の質問事項が「結婚経験」で、自分から切り出しにくかったのだ。

だいたいこんな重要事項、もっと早いうちに書かせるべきではないか。シニアだし離別や死別を経験している人は少なくないだろう。変に奥ゆかしいプロフィールカードである。

「あの、次は結婚経験なんですが」

俺がおずおず尋ねると、松田昭二は「若い頃に一度」と簡潔《かんけつ》に答えた。

「まぁ、いろいろあって3年ぐらいで離婚したのよ」

そこで松田昭二の口が閉じたので、踏み込まずに次の質問に移る。

「お子さんはいらっしゃるんですか？」

だいぶデリケートな質問だが、本気の出会いを求める者同士では早いうちに確認しておきたいところだろう。

「いない」

そんな調子でプロフィールカードを埋めていった。最後の質問は「どんなお相手を望みますか」だ。

「家事が得意な女性だな」

松田昭二の気持ちは痛いほどわかるが、現代においてその条件はきわめて印象が悪い。俺だって家事全般をやってくれる女性と結婚できたらどんなにいいだろうと夢想することがあるが、俺が大金持ちでもない限り、向こうにメリットがない。

だからといって、松田昭二の希望を変えさせる権限はない。俺はそのまま「家事が得意な女性」と書き込んだ。家事が得意で、とにかく結婚だけできればいいと考えている女性が参加している奇跡に賭《か》けよう。

「できました」

すべての欄を埋めたら充実感があった。松田昭二はありがとうとも言わず、そのカードを受け取る。

「で、これをどうしたらいいんだ」

「後で女性とお話しする時間があります。相手の女性とこのカードを交換して、見ながらお話しするんです」

「そうか」

書かれている内容は松田昭二のものなのに、俺の筆跡だから、自分が参加するような気恥ずかしさがある。

「お兄さん、ちょっとこっちに来てくださる？」

近くのテーブルのおばあさんが俺を呼んでいる。鏡原さんは別の参加者のサポートに入っていて、動けそうにない。知らないうちに社長も来ていて、プロフィールカードの記入を手伝っていた。

「はい」

俺は松田昭二のもとを離れ、呼ばれた方へと向かう。

「ガーデニングってどう書くんだったかしら」

白いレースのカーディガンを着た、上品そうなおばあさんだ。プロフィールカードを見ると、趣味の欄にカタカナの「ガーデ」の後に「ン」とも「ニ」とも読める文字が書かれている。これほど対応に困る質問も珍しい。

「えっと、ガーデニ、まで書けてますね」

「ううん、あたし、ガーデンって書いたの」

二択を外してしまった。

「それでは、この『ン』の棒を横にまっすぐ伸ばして、『ニ』にしましょう」

おばあさんは言われたとおりに自称「ン」を「ニ」に改造する。

「その後、『ン』を書いて、クに点々の『グ』です」

「わぁ、ありがとう」

ガーデニングと書けたことが心底うれしそうで、俺はちょっとキュンとした。さっきまで愛想のない松田昭二の相手をしていたせいで、ポジティブな反応がうれしい。おばあさんの名前の欄には「エイコ」と書かれている。

「お兄さん、この紙には絵とか描いてもいいのかしら」

「もちろんです。自由にお描きになってください」

「わかったわ」

エイコさんが何かを描きはじめたのを見て、俺はその場を離れた。窓を背にして、もっともらしく直立したまま会場内を見回す。知り合い同士話しているようなところもあるが、基本は単独行動のようだ。スマホをいじっているおじいさんもいれば、編み物をしているおばあさんもいる。

それにしても、思っていた以上に年齢層が高い。おそらく70代後半から80代前半の参加者がほとんどだ。シニアと聞いて60代ぐらいをイメージしていたが、よく考えたら最近の60代は現役世代といってもおかしくない。田中宏だって80を過ぎているし、そのぐらいの年代が配偶者を亡くして婚活に励んでいるのだろう。

「それでは定刻になりましたので、はじめさせていただきます。私はこのパーティーを運営しておりますドリーム・ハピネス・プランニングの鏡原奈緒子と申します」

ワイヤレスマイクを持った鏡原さんが前に立つと、ざわざわしていた室内が一気に静まり返る。今日もアナウンサー顔負けの美しい発声だ。

「11月に入りましたが、まだまだ暑さを感じるような日もあって、落ち着かない気候でございます。寒暖差があると体調を崩しやすくなるので、規則正しい生活をして疲れを溜《た》め込《こ》まないようにしたいものですね」

前回同様、時候の挨拶からはじまるのがお決まりらしい。

「本日はたくさんの方にお越しいただき、主催者としてもうれしいです。ここで楽しいひと時をお過ごしくださいね。まずは、自己紹介からはじめます」

俺が参加した婚活パーティーではいきなり一対一のトークからはじまったが、シニア向けはプログラムが違うらしい。

「お名前は、下の名前だけを教えてください。『たろう』とか、『はなこ』といった具合ですね。それと、最近食べておいしかったものを簡単に説明してください。耳の遠い方もいらっしゃいますので、恥ずかしがらずに大きな声でお願いします」

いかにもシニア向けの呼びかけだ。会場から笑いが漏《も》れる。

「では、私からいきますね。私の名前は、『なおこ』です。最近食べておいしかったのは、『みよし』のうな重です。甘めのタレがほかほかのごはんにマッチしていて、いくらでも食べられそうでした」

うなぎなんてしばらく食べていないなと若干の悲しみを覚えるが、老人たちは柔らかな表情で拍手を送っている。たしかに食べ物は年齢男女問わず関心のあるところだし、自己紹介のネタとして使いやすそうだ。

「次は、我々ドリーム・ハピネス・プランニング社長の高野にバトンタッチします」

鏡原さんが言うと、脇にいた社長が真ん中に進み出てマイクを受け取った。

「僕の名前は『ゆたか』です。おいしかったものは、事務所の近くにあるパン屋さんのクリームパンです。ちょうど焼きたてのアツアツだったので、お行儀が悪いですが店を出てすぐ歩きながら食べてしまいました」

俺は感心した。うな重という高級品で身構えた参加者は、庶民的なクリームパンにほっとするだろう。しかも地位の高い男性と、若い女性が、一見逆とも思える食べ物を挙げる。事前に打ち合わせしていたのか、鉄板ネタなのか。

「次は、スタッフの猪名川さんです」

二人の自己紹介を分析していたら、突然社長に指名された。いやいやそれはナシだろうと思ったが、さっき話したエイコさんがキラキラした目をこっちに向けていたので逃げ出せそうになかった。

俺は前に進み出て、社長からマイクをもらう。

「僕の名前は『けんと』です。最近マンションの大家さんにおごってもらったロースカツ定食がサクサクでおいしかったです。すりごまとソースをかけたら絶品でした」

ローソンで買った期間限定にんにく増し増しペペロンチーノと迷ったが、シニアに伝わりやすい方を選んだ。俺に対しても拍手が送られ、くすぐったい気分になる。

「では、私がマイクを持って回りますので、こんな感じで自己紹介お願いしますね。その場に座ったままで構いません」

鏡原さんは左前のテーブルに座るおじいさんにマイクを向けた。

「『しゅういち』です。物忘れが激しくて何を食べたか覚えていません」

しゅういちがおどけた様子でシニアネタを繰り出すと、会場がどっと沸いた。

「あらー、そうなんですか。ちなみに今、なんでも食べられるとしたら何が食べたいですか？」

鏡原さんが合いの手を入れる。

「そうだなぁ、若い頃みたいに焼肉をたくさん食べたいなぁ」

ほかの参加者から「あ～」と納得するような声が上がった。

「お好きなお肉はなんですか？」

「カルビにタレをたっぷりつけて、コメと食べるのが好きだったな」

しゅういちがいい感じに会場を温めてくれたようで、続く参加者たちもスムーズに名前と食べ物を挙げていく。鏡原さんが松田昭二にマイクを向けると、なぜか俺の方まで緊張してきた。

「松田昭二です」

名前だけというルールなのにあっさりフルネームを名乗る。別にダメなわけじゃないけれど、やっぱりそういうやつだったというがっかり感がある。

「マクドナルドのサムライマックだったかな。トマトが入ったやつ。あれがうまかった」

意外にも、ちゃんとした答えだ。マクドナルドのレジで、ベーコントマト肉厚ビーフの写真を指差す松田昭二の姿まで浮かぶようだった。

「私、サムライマックは食べたことないです。今度注文してみようかしら」

鏡原さんがほどよい感想を述べて、次の人に移る。表情を変えない松田昭二だが、終わった瞬間ほっと一息つくのがわかった。

「本日は男性14名、女性11名の25名様がお越しくださいました。これから一人ずつお話しする時間を設けます。すみませんが、皆さんお荷物とプロフィールカードを持って、いったんお立ちいただけますか」

前回の婚活パーティーでは参加者自身に椅子を運ばせていたが、さすがにシニア相手にそのようなことはさせないらしい。自己紹介の効果か、すでに会話をはじめている参加者もいる。

「まずはこちら側の列に、女性の方がお座りください」

各テーブルの4脚の椅子のうち、前方の2席に女性が座っていく。

「その正面に、男性に座っていただきます。男性の方が3名多いので、その3名はこちらのテーブルで待機です。こちらのテーブルの方も、ちゃんとすべての女性とお話しできますので、焦《あせ》らずお待ちくださいね」

鏡原さんの説明に笑いが起こる。さっきから笑いの沸点《ふってん》が異様に低い。

「お相手と向かい合ったら、まずは『よろしくお願いします』とご挨拶しましょう。プロフィールカードを交換して、3分ずつお話しします。お話が盛り上がって3分じゃ足りないって思われる方もいらっしゃるかもしれませんが、イベントの後半でもお話しする機会がありますので、ここは3分で切り上げていただきます。お疲れが出た方は休憩できますので、遠慮なくおっしゃってくださいね」

参加者はうなずきながら鏡原さんの説明を聞いている。

「ここからが重要です。後で気になる相手のお名前を書いてもらいますので、『この人とまたしゃべりたい！』と思う方がいたら、ちゃんとお名前を覚えておいてくださいね。記憶力に自信がない方も、ここはがんばって覚えてください」

たしかにこうして事前にアナウンスがあれば、相手の名前にも意識がいくだろう。さっき自己紹介で下の名前だけ名乗らせたのも、記憶の定着をはかる目的があったのかもしれない。

「ちなみに今日はきょうこさんが二人いらっしゃるので、お洋服が赤いきょうこさんと、花柄のきょうこさんと覚えてくださいね」

重複した名前に対するフォローもしっかりしている。二人のきょうこさんは注目を集めて照れたように笑っていた。

「それでは1回目をはじめます。よーい、スタート！」

各テーブルから「よろしくお願いします」の声が響いた。みんな小学校低学年みたいに素直である。

「猪名川さん、挨拶が遅れました。今日は手伝ってもらってしまってすみません」

黒いスーツを着た社長が小声で話しかけてきた。

「いえいえ」

「少しですが、謝礼をお支払いさせていただきますので」

まるで充電されたかのように背筋が伸びた。

「ありがとうございます」

だけどこのイベントは無料だったはずで、どこから予算が出ているのか疑問である。

「思った以上にたくさんの方が来ていて驚きました」

「そうですね。こういうイベントは他になかなかないみたいで」

「広報を見て来られる方が多いんですか?」

「そのようですね。あとはホームページで告知したり、以前来られた方に直接電話したりしています。ほかには、お友達のクチコミで来てくださる方もいらっしゃいますね」

前回のパーティーに参加していたアリサも友達の紹介で来たと言っていた。なんでも、鏡原さんが「婚活マエストロ」として有名だとかなんとか。アリサは怪しいやつだったが、すべてが嘘というわけではないだろう。

俺は松田昭二に目をやった。待機テーブルに腕組みをしたまま座っていて、俺の書いたプロフィールカードはまだ出番がないようだった。

「はい、3分経ちました。男性は番号を一つ進めてください。1番に座っていた方は2番のお席、2番に座っていた方は3番のお席です。待機テーブルからも、お一人、1番の方へお願いします」

隣に次の番号がある人はいいが、テーブルの列がずれてまごつく人も少なくない。誘導を手伝っていると、松田昭二が1番の席に向かうのが見えた。まるでマウンドに上がる投手のような面持ちである。

「移動に戸惑うのも最初のうちだけで、すぐに慣れてスムーズになります。このぎこちなさを楽しんでいただければと思います」

鏡原さんに言われると本当にそんな気がしてくるから不思議だ。

「それでは2回目まいります。よーい、スタート」

2回目も「よろしくお願いします」の声からはじまった。松田昭二がプロフィールカードを相手に渡すのを見て、自分の通知表を差し出されたような気持ちになる。

お相手は髪を紫に染めた丸顔のおばあさんで、明るそうな雰囲気だ。後方に立ってしまったため松田昭二の顔は見えないが、お相手の方は笑顔でペラペラしゃべっている。ときどきお相手が口を閉じてうなずいているので、松田昭二もちゃんと受け答えしているようだった。

傍観者は暇だ。前回の婚活パーティーでは参加者側だったから、相手とのトークを進めるうちに時間が過ぎていた。話を盗み聞きすれば気が紛れるかと思ったけれど、参加者たちの声がまじってあまりよく聞こえない。鏡原さんと社長はうっすら笑みを浮かべて立っていて、これがプロフェッショナルかと思う。

俺も口角を上向きにキープしながら会場をながめる。おじいさんはどれも似たりよったりだが、おばあさんにはいろんなタイプがいる。ガーデニングおばあさんことエイコさんはこの中でも際立って身なりがきれいだ。ああいうタイプが実は詐欺師だったりして、という不謹慎《ふきんしん》な妄想まで抱いてしまう。ガーデニングをやっていると言っていたし、庭付きの広い家に佇んでいるのだろかぶ。うか。ティーポットで紅茶を入れて、舶来品《はくらいひん》のクッキーを食べているところまで思い浮かぶ。

松田昭二がエイコさんの正面の席につくと、関係ない俺まで手汗がにじんできた。エイコさんはさっきまでと変わらず、優雅な身振り手振りをまじえて話す。松田昭二は微動だにしないが、多少の受け答えはしているのだろう。エイコさんが口に手を当てて笑ったときには俺の方までガッツポーズしたくなった。

途中でトイレ休憩を挟んで、3分×14回のセッションが終わった。最初と比べて気温が3度ぐらい上昇している気がする。どの参加者も顔を上気させており、場が温まるってこういうことなのだと実感する。

「皆さん、楽しくお話しできましたでしょうか」

鏡原さんの問いかけに、参加者たちは元気のいい拍手で応える。その間、社長はてきぱきと新しいカードを配布していた。

「それは何よりでした。では、ここからお待ちかねのアンコールコーナーです！」

アンコールコーナー。なんとなく意味するところはわかる。社長にカードを見せてもらうと、自分の氏名を書く欄と、「また話したい方のお名前」、「もう話したくない方のお名前」の欄があった。各行には「さん」があらかじめ印刷された親切設計である。

「お手元のカードに、ご自身のお名前と、もう一度お話ししたい人のお名前を記入してください。3人まで書けますので、ご遠慮なくお書きくださいね。ちょっといいなと思っただけでも、再びお話しすることでさらに印象が深まるかもしれません。逆に、この方とはちょっと、という方がいたら、それもお書きになってください」

鏡原さんはマイルドな表現で説明したが、「もう話したくない人」はなかなかの拒絶である。俺が参加したパーティーでは「もう話したくない人」の欄はなかった。書かれていたらと想像するだけで胃が痛い。

「お書きになったカードは近くのスタッフに渡して、アンコールコーナーの開始まで休憩してください。しっかり水分をとってくださいね」

社長が今度はお茶の入った紙コップを配りはじめた。ペットボトルを配ればいいのに、予算の問題があるのだろうか。

参加者たちはお茶を飲みつつ、カードに記入しはじめる。ここでもみんな小学生みたいに素直である。

「書けました！」

一人の男性参加者が挙手してこっちを見ていた。自分が「近くのスタッフ」のひとりであることを思い出し、あわててカードを受け取る。カードには「ゆり」「ひろみ」「ようこ」とひらがなで書かれていて、なんだか微笑ましい。

ほかの参加者のカードを回収しつつ松田昭二に目をやると、難しい顔をして腕を組んでいる。話しかけようかと逡巡《しゅんじゅん》しているうちに、鏡原さんがさっと近寄っていった。

「松田様、お困りでいらっしゃいますか？」

「なんて書けばいいかわかんねえよ」

「気になる方がいなかったら、書かなくても大丈夫ですよ」

鏡原さんが柔らかい口調で言うと、松田昭二は組んでいた腕をほどいて立ち上がった。

「俺、もう帰るわ」

「お兄さん、すみませーん」

一番気になるときに背後から俺を呼ぶ声がする。セーブできないダンジョンで「ケンちゃんごはんよー」と呼ばれるやつだ。松田昭二だけに注目しているわけにもいかないので、俺は振り返って声の主であるおばあさんと向き合う。

「社長さんとお話ししたいんだけど、『ゆたか』って書いてもいいかしら」

俺は心ここにあらずの状態で「大丈夫ですよ」と答えていた。こんな婚活パーティー、ルールなんてあってないようなものである。社長の名前を書いたところで罰《ばっ》せられることはないだろう。

おばあさんは「あらよかった」といそいそカードに記入している。俺は再び松田昭二のほうを見ると、鏡原さんと軽く揉《も》めているようだった。

「だいたい、こんなところで結婚できるわけがないんだ」

「それは否定させていただきます。半年前に城北コミュニティセンターで行われた婚活パーティーでは一組ご成婚されました」

思わず「マジか」と声が出る。

「はい、書けたわよ」

おばあさんから回収したカードにはしっかり「ゆたか」と書き込まれている。俺は「楽しくお話しできるといいですね」と笑顔を作ってその場を離れ、松田昭二と鏡原さんのやり取りに耳をそばだてる。

「残念ではありますが、松田様がお帰りになるのは自由です」

「松田さん、帰っちゃうんですか？」

俺はアホなふりをして二人の間に入っていった。松田昭二は俺が来たことで気まずそうな顔をしている。

「だれか松田さんのお名前を書いたかもしれないのに、ここで帰るのはもったいないですよ」

「俺の名前なんて書くやついないだろう」

「僕も最初に婚活パーティーに出たとき、そう思いました！　もう何年も彼女いないし、モテたこともありません。でも、書いてくれる人がいたんですよ。その結果を聞いてから帰るのはどうですか？」

俺はなぜ松田昭二を引き止めているのだろう。一人帰ったところでなんの問題もないのに、どうも感情移入してしまっているようだ。

「兄ちゃんがそう言うなら、仕方ねえな」

松田昭二が再び着席したので、ほっとする。鏡原さんは何事もなかったかのように笑みを浮かべ、「それでは、集計してまいりますので少々お待ちください」と去っていった。

「先ほどは女性たちとどんな話題で盛り上がったんですか？」

俺が尋ねると、松田昭二はぶすっとした表情のまま口をひらく。

「貴景勝《たかけいしょう》とか、大谷翔平《おおたにしょうへい》の話だよ。あと、庭の話をしてたのもいたな」

間違いない、エイコさんだ。

「俺は昔っからネギとかトマトを育ててるんだけどよ、その人は花を育ててるらしい。でも、花は食えねえじゃねえかとか言ったから、『もう話したくない人』に書かれてるだろうな」

あぁ、それでいづらくなったんだと察する。

「松田さん、野菜育ててるんですか?」

「ボケ防止みたいなもんだけどな」

「立派な趣味じゃないですか」

そんな話をしているうちに、鏡原さんが「おまたせしました」と前に立った。

「今回はたくさんのアンコールがありました。まずはお名前だけ発表しますので、その場に座ったままお聞きください。一組目は、こういちさんとひろみさん!」

一組ごとに盛大な拍手が上がるので、俺もその場の雰囲気に合わせて手を叩く。

「次は、しょうじさんとえいこさん!」

惰性で拍手していたら、それが松田昭二とエイコさんであることに気付いてはっとする。松田昭二も自分のことだと遅れて気付いたようで、組んでいた腕をほどいてきょろきょろしはじめた。エイコさんのほうはしっかり視界に松田昭二をとらえ、微笑みを送っている。

頭をポリポリ掻《か》く松田昭二を見て、引き止めた甲斐《かい》があったとほっとした。

「松田様に話しかけた猪名川さん、素晴らしかったです。私も見習わなきゃって思いました」

網の上にカルビを並べながら鏡原さんが言う。

「本当に見事な立ち回りでしたね。ほかのお客様への対応も完璧でした。こういうイベント関係のお仕事の経験があるんですか？」

真剣な顔で社長が尋ねるので、俺は「ないです、ないです」と手を振る。

あのあと、松田昭二とエイコさんは土や日当たりの話で盛り上がり、カップル成立に至った。仮に二人が深い仲にならなくても、ここで得た経験は松田昭二にとってプラスになるんじゃないか——なんて、都合よく考えすぎだろうか。

「こんなところですみません。少しですが、きょうの報酬《ほうしゅう》です」

「頂戴《ちょうだい》します」

社長から受け取った封筒をのぞいてみると、千円札が３枚入っていた。逆に１万円とかもらっても恐縮しただろうし、ちょうどいい塩梅《あんばい》である。これに焼肉食べ放題（３９８０円）付きなんて、文句はない。

「あの、一対一のトークタイムのときって、何を考えて立っているんですか」

「私は、誰と誰が惹《ひ》かれ合うか確認しています」

鏡原さんが事もなげに言う。

「わかるものなんですか」

「匂《にお》いでわかるんです」

「匂い？」

理解が追いつかず、首を傾げる。嗅覚《きゅうかく》に意識を向けたせいか、カルビの焼ける匂いが強く感じられた。

「はい。決して嫌な匂いではないんですけど、それを感じない人に説明するのが難しくて……。惹かれ合う人たちには似た匂いがあって、思いに応じて強くなるんです。フェロモンみたいなものですね」

社長にとっては既知の事実らしく、黙ってうなずいている。

「たとえば今日の松田さんとエイコさんも、わかったんですか？」

「匂いは似てたんですけど、そこまで強くなかったので過信はしていませんでした。それよりこういちさんとひろみさんは確実だったので、二人がお話しできるようにサポートしました」

３人とも無言になり、肉の焼ける音が聞こえてくる。

「しゅういちさんの言うとおり、若いうちにたくさん食べなきゃいけませんね」

鏡原さんは「いただきます」と手を合わせ、カルビを一切れ口に入れた。

「そういえば、猪名川さんの連絡先を教えていただけますか」

社長が話しかけてきた。

「えっ、前回のパーティーで申込用紙に書きましたけど」

「あれはパーティーに関する連絡以外に使ってはいけないんです」

小さい文字で書かれていた個人情報保護法の注意書きが思い出される。すべての会社がこんなに忠実に守っているとは思えないが。

「差し支えなければＬＩＮＥを教えていただけますでしょうか」

俺に異論はなく、社長のＬＩＮＥのＱＲコードを読み込む。「高野豊」という登録名に、スーツ姿のアイコンが現れた。

「すみません、私のほうもお願いできますか」

鏡原さんのアカウント名は「鏡原」だった。アイコンはとりたてて特徴のない風景写真だ。

「ホームページの記事作成について、これから本格的に相談させていただきますね」

そうだ、俺はライターとして呼ばれていたのだった。今夜は帰ってから「格安ＳＩＭおすすめランキング（２０２３年11月最新版）」の記事を書かなくてはならない。

でも今はすべて忘れて焼肉に集中しよう。俺はタレをひたひたにつけたハラミを白飯と一緒にかきこんだ。

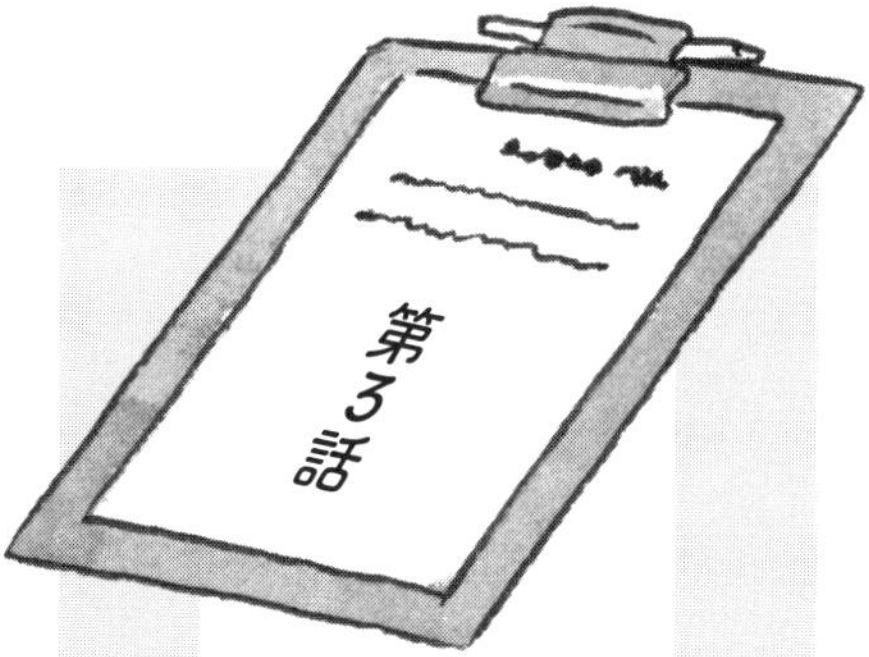

婚活旅行者

聞き慣れない着信音で目が覚めた。時計を見るとまだ朝の8時だ。こんな早い時間に何事かとスマホを手に取ると、鏡原さんのアイコンが表示されている。めったに使っていない、ＬＩＮＥの音声通話機能だ。

「もしもし」

「朝からすみません。猪名川さん、今日って暇ですか」

鏡原さんの切迫《せっぱく》した声に、俺は勢いで「はい」と答えていた。音声しか聞こえないのに、鏡原さんが表情を緩めた感覚が伝わってくる。今さら撤回できないが、急ぎの仕事はなかったはずだと寝起きの頭で考える。

「ありがとうございます！　9時に、浜松駅北口でお待ちしています」

「えっ、あの、」

通話はそこで切れた。

浜松駅まではチャリを飛ばして20分である。しかし、信号に引っかかる時間やチャリを止める時間を考慮したら、できるだけ早く家を出たい。

急いで身体を起こし、顔を洗ってひげを剃った。用件は何も言われていないが、婚活イベント関連だろう。２週間前にシニア婚活パーティーに行ったときは、取材のつもりだったのにスタッフをやることになってしまった。いずれにせよ、四十男がパーカーにジーパンは好ましくない。

クローゼットを開いてみれば、10年ものの衣装ばかりが入っている。ずっと家で仕事していたから、服装には無頓着《むとんちゃく》だった。こうやって外に出るようになると、もう少しまともな服を買ってこようかなという気になる。遅すぎる社会人デビューだ。

それにしても何を着て良いものか見当がつかない。社長がスーツを着ていたことを思い出し、俺もスーツでいいかと取り出す。10年近く前、桑原の結婚式に行くために買った安いやつだ。転職活動や仕事で使うこともあるだろうと、濃いグレーにしてみた。そのあと妹の結婚式でも着た気がするけれど、全然元が取れてない。

あぁ、でもこの格好だとどんなカバンを持ったら良いんだ。スマホと財布だけならポケットにも入りそうだけど、手ぶらで行くのも変だろう。とりあえずビジネスマンが持ってるような黒くて平たいカバンならある。俺はそのカバンに財布とスマホと筆記用具といった必要そうなものを詰め込み、外に出た。

チャリを飛ばして浜松駅北口に着いたのは8時45分。集合時間の9時には間に合いそうだとほっとする。駐輪場にチャリを止め、ロータリーに行ってみると、小さめの観光バスの前で鏡原さんがクリップボードを持って立っていた。

「わぁ、猪名川さん！　急に呼び出してすみませんでした」

過去2回会ったときの鏡原さんはかっちりしたパンツスーツ姿だったが、今日は黒いワンピースに白いジャケットを着ていていくぶん華やかだ。

「バスツアー……ですか？」

「おはようございます！　お名前頂戴できますか」

俺の疑問は宙に浮いたまま、鏡原さんは次にやってきた男を迎えている。男は俺とそう変わらないであろう年代だ。

「猪名川さん、今日は申し訳ありません」

背後から社長がぬーっと現れ、少し離れたところに俺を誘導した。通路にはスーツにビジネスバッグの男たちが駅を目指してぞろぞろ歩いている。

「単刀直入に申しますと、本日の婚活バスツアーに参加していただきたいのです」

「えぇっ」

一番に思い浮かんだのは懐事情だった。ドリーム・ハピネス・プランニングは本気の出会いを取り扱う会社だけあって、サクラはご法度《はっと》だ。このバスツアーだって、俺だけ無料というわけにはいかないだろう。麦茶しか出ないパーティーでも５０００円を徴収していた会社が、これほど大掛かりなバスツアーの参加費をいくらに設定しているのか、不安でたまらない。

社長は俺の脳内を見透かしたかのように、「こういうものがあります」と胸ポケットから紙切れを取り出した。前にも見た、「ドリーム・ハピネス・プランニング主催婚活パーティー初回無料クーポン」である。社長は近くの柱を机代わりにすると、ボールペンで「パーティー初回」を二重線で消して「バスツアー」と書き換え、有効期限の「２０２２年」も「２０２３年」に直して訂正印を押した。

「社長がいいと言っているのですから、いいんです」

社長は「いいんです」を若干ドヤ顔気味で決め、クーポンを俺に手渡した。

「今朝、体調不良で来られなくなった参加者さんが複数いらっしゃいまして、最少催行人数を下回ってしまいました。しかし、今さら中止というのも申し訳ないので、猪名川さんに声をかけてみた次第です。取材にもなりますし、よろしいかと」

最少催行人数は主催者の損益分岐点《ぶんきてん》ではないのか。俺が入ったところで収入にならない気がするが、来てしまった以上帰るわけにはいかない。

それに、ちょっと興味が湧いてしまっている。

「まぁ、構いませんけど……」

あんまり食いつくのもどうかと思い、冷静に引き受けた感を出す。

「ありがとうございます」

社長が頭を下げる。やっぱり頭頂部の薄さが気になる。

「バスツアーって、どこに行くんですか」

「滋賀です。琵琶湖《びわこ》の観光船に乗ったあと、竜王《りゅうおう》アウトレットでお買い物して帰ります。猪名川さんは滋賀に行ったことはありますか？」

俺は白地に赤いラインが入ったバスに目をやった。滋賀といえば琵琶湖、ということぐらいしか知らない。

「いいんですか？」

「はじめてです」

俺が言うと、社長は「それはいいですね」と表情をほころばせた。

「観光のつもりで楽しんでいただけたら結構です。私や鏡原さんに親しく話しかけてくるリピーターさんもいらっしゃいますので、猪名川さんも私どもによそよそしくする必要はありません。ですが、あくまで本気の出会いを求めて参加してください」

社長が目に力を込めたのがわかった。

「了解です」

知っている人がいるわけじゃないし、今日一日つつがなく過ごせばいいだろう。参加者全員がカップルになるわけじゃないことは2回の婚活パーティーを経てわかっている。あくまで場の空気を乱さずに、参加者の一人としてバスツアーを成立させたら良いのだ。

俺はひとつ深呼吸すると、ちょうど今やってきましたという顔で鏡原さんの前に立った。

「おはようございます。猪名川健人です」

「ようこそお越しくださいました。身分証明書の提示をお願いできますか？」

俺はあたふたしながら財布を取り出し、マイナンバーカードを見せる。鏡原さんも抜かりなく記載事項に目を走らせ、「ありがとうございました」と俺に返却した。

「そうしましたら、6－Bの席に座ってください。それと、こちらのプロフィールカードの記入をお願いします」

プロフィールカードとペグシルを受け取ってバスに乗り込むと、すでに10人ぐらいの参加者が座っていた。６－Ｂは６列目の通路側の席で、窓際の６－Ａの席にはすでに女性が赤いブランケットをひざにかけて座っている。通路を挟んで隣の６－Ｃは空席で、６－Ｄにもショートカットの女性がいる。10列あるが、７列目から後ろは誰も乗っていない。

「失礼します」

声をかけて隣に着席すると、女性が「よろしくお願いします」と笑顔を見せた。とりあえず、感じは良さそうだ。前の席についているミニテーブルを引き下げ、プロフィールカードに記入をはじめる。

まずは名前である。前に参加したパーティーでは猪名川健人とフルネームで書いてしまったが、ほかの参加者は「たかし」とか「アリサ」とか「まこ」などと、下の名前だけ書いていた。たぶんそれが流儀なのだろうが、いざ書くとなると迷う。ひらがなで「けんと」はなんだか気恥ずかしい。Ｗｅｂライターとして使っている筆名は「ＫＥＮ」だが、あれはネット上だから許される文字列であって、手書きの「ＫＥＮ」はちょっとイタい。親や昔からの友人、マンションの大家の田中宏からは「ケンちゃん」と呼ばれているが、ここにケンちゃんと書くのはアホすぎる。一周回って「猪名川健人」もアリなんじゃないか？　あぁ、こういうこともちゃんと調べておけばよかったな。

しばらく悩んでいたが、はたから見れば自分の名前も書けないやつだということになるので、観念して「猪名川健人（いながわ　けんと）」と漢字と読みがなを併記《へいき》した。

生年月日と血液型は考えなくていいから楽だ。趣味には何を書こうと考えはじめたところでバスが発車し、鏡原さんがマイクを握って前に立った。

「本日はお集まりくださりありがとうございます。バスツアーの司会進行を務めさせていただきます、ドリーム・ハピネス・プランニングの鏡原奈緒子でございます。どうぞよろしくお願いします」

　鏡原さんが頭を下げると、車内に拍手が響いた。見回してみると、俺の座っている6列目より後ろは結局誰も座っていない。1列目が鏡原さんと社長の席になっていて、1列あけて3列目から参加者が座っている。数えてみると女性は8人、男性は俺を入れて7人だ。たしかに男性6人では心もとないだろう。

「皆さまの普段の行いがよろしいのでしょう、見事な秋晴れでございます。これから向かいます滋賀県大津《おおつ》市の予想最高気温は15度。浜松市よりは少々涼しいようですが、きっと美しい琵琶湖が待っていることでしょう。今回は婚活バスツアーという形ではありますが、婚活だけでなくバスツアーのほうも全力で楽しんでいただければと思います。なにかお困りのことがありましたら、私か、こちらの高野にお声がけくださいね」

　社長が立ち上がり、参加者に向かって頭を下げた。

「それでは、本日のスケジュールを説明いたします。これから滋賀県大津市に行き、13時発のミシガン号に乗ります。90分のクルーズを終えたら、三井アウトレットパーク滋賀竜王でお買い物をして、20時頃に浜松駅へと戻る予定です。大津までは3時間ほどかかりますので、まずはバス車内で一対一のトークを行います。私が合図をしたら、女性はそのままで、男性は一つずつ席をずれていってください」

なるほど、それで男が通路側なのだと納得がいく。しかし片道3時間はなかなかの距離だ。トークタイムをわざと長くとるためにわざと遠くに設定しているのだろうか。


「ちなみに普段のパーティーですと、一組何分と決めてお話ししていただくんですが、高速道路走行中はお席の移動ができません。その間は、一人のお相手とじっくりお話ししていただきます。そうした時間の不均衡《ふきんこう》も含めてお楽しみいただけると幸いです」

どんな状況でもポジティブにとらえさせる話術はさすがである。

「それでは、まず最初のトークタイムをはじめていきます。プロフィールカードがまだの方は、書きながらお話しください。それでは、スタート！」

心の準備ができていないのにはじまってしまった。

「あっ、すみません、まだ書けてなくて」

俺が謝ると、隣の女性が「全然大丈夫ですよ～」と言いながら自分のプロフィールカードを差し出してきた。名前は「あきな」、年齢は36歳。前回のパーティーでも思ったのだが、その名前で長年生きていると名前と顔がしっくりきている。きっと秋生まれなのだろう。茶色いカーディガンがよく似合っているのも秋っぽいなと思ったら、生年月日のところに「5月」と書かれていて若干騙《だま》された気分になる。

「どこまで書けたんですか？」

あきなが俺の手元に視線を向ける。

「趣味のところまで」

「趣味、たしかに迷いますよね」

あきなのプロフィールカードの趣味の欄には「読書」と書かれていた。これに対するコメントは1種類しかないではないか。

「あきなさんは読書が好きなんですね。どんな本を読まれるんですか？」

「わたしは純文学が好きで。『文藝《ぶんげい》』とか『群像《ぐんぞう》』とか、雑誌で読んでます」

これはなかなかのガチ勢っぽい答えである。

「へぇ～。この前の芥川賞も話題になりましたもんね」

俺が言うと、あきなは驚いたように目を丸くした。

「えっ？　読書されるんですか？」

なにかを期待させてしまったようだ。俺が答えあぐねていると、

「すみません。純文学って言って、ちゃんと芥川賞を出してくる人が珍しくて」

と言う。これは単純に「今回の芥川賞・直木賞ノミネートまとめ！　作者のプロフィールは？」というこたつ記事を書くために調べただけで、本の中身は一行も読んでいない。

「本はあんまり読まないんですけど、ニュースを見るのが好きなので」

我ながら変な言い訳である。あきなは「そうですか」とがっかりした様子を見せて、こっちも申し訳なくなる。

それより俺の趣味はなんなんだ。前に参加したパーティーでは埋めることを優先に「寝るこ

と」と書いたが、あきなに見られている手前、もうちょっとまともな趣味を書きたい。

先日、シニア婚活パーティーで趣味はないと突っぱねる松田昭二に「相撲観戦」と書かせた。その後家庭菜園をしていることが判明し、立派な趣味じゃねえかと思った。俺にも潜在的《せんざいてき》な趣味があるかと考えてみたら、記憶は中学生の頃まで遡《さかのぼ》り、ギターを買って全然弾けなかった黒歴史が蘇ってきた。

「趣味って、必ずしも楽しいことばかりじゃないですよね」

あきなが言う。

「わたしも一応読書って書いてますけど、本当に趣味なのかなって疑問だったりします。読みたい本を買ったり図書館で借りたりして枕元に積んでるんですけど、正直『これを読まなきゃならないのか』ってうんざりすることもあって」

「なんとなくわかります」

そんなふうに言いつつ、趣味の欄にばかり時間を使うわけにはいかないので、前回を踏襲して「寝ること」と書いた。あきなはそれを見て「いいですね」と笑う。

「わたしも病院に勤めていた頃は夜勤があって、寝る時間がバラバラだったんです。たまに連休があると、たくさん寝すぎちゃったりして」

病院で夜勤がある仕事？　あわてて職業欄に目をやると、「看護師」と書かれている。そんな立派な資格を持った人がなぜこんなマイナー企業の婚活バスツアーに参加しているのだろう。いや、それはドリーム・ハピネス・プランニングをバカにしすぎだろうか。

こういうのは勢いで記入したほうがいい。つづいて「これまでで一番うれしかったこと」には「宝くじで10万円当たったこと」、「理想の結婚相手の条件」には「健康な人」と、深く考えずに書き入れる。

「あと1分で席替えになりまーす」

鏡原さんがアナウンスする。

「すみません、今さらですが」

俺は書き終わったプロフィールカードをあきなに手渡した。あきなは「猪名川健人さん」と書かれたとおりに名前を読んだ。

「健康なこと、いいですね。一番大事です」

あきなが俺のプロフィールカードを見てうなずいた。さながらカルテを見ながら診断する医師のようだ。

「猪名川さんも健康そうですね」

「おかげさまで」

Ｗｅｂライターの収入だけで生活が成り立っているのは、健康だからにほかならない。たいした蓄えはないし、大病すれば一気に立ち行かなくなるだろう。

健康についての話をしているうちに1分が経ち、席替えの時間になった。

「それでは、こちら側の列に座っている男性は一つ前の席にずれてください。一番前の方は、右側に。そして、こちら側の列の男性は一つ後ろに移動します。循環するようなイメージです。どうぞ」

その調子でさらに二人の女性と話し、3回目の席替えになった。

「次の方とのお話し中に、高速道路に入ります。サービスエリア休憩までの1時間半程度、その方と隣同士になります。もちろんずっとおしゃべりしている必要はありませんが、これもなにかの縁ということで、楽しんでくださいね」

これまでの3人は特に話が弾むわけでもなく、かといって苦痛なわけでもなく、ちょうどいい温度だった。この調子なら長時間過ごす4人目も大丈夫だろうと思いながら、3-Bの席に座る。

「よろしくお願いします」

可もなく不可もないであろう挨拶から入る。3-Aに座る女性は俺の顔を一瞥《いちべつ》して「よろしく～」と語尾を伸ばした。赤いフレームのメガネをかけていて、前髪はかなり短い。上の前歯が二本、ちょっと出ている。

「婚活バスツアーはじめて？」

「はい」

普通に答えたものの、初手からタメ口なんて曲者臭《くせものしゅう》しかしない。差し出されたプロフィールカードの名前の欄には「MOMO」と書かれていた。手書きのアルファベットはやっぱりどことなくイタい。

「MOMOさんは何度か来られてるんですか？」

「うん、来てるよ」

あ、これは宇多田《うただ》ヒカル的な口調だろうか。一瞬しっくりきたものの、やっぱり違うんじゃないかって引っかかりが消えない。

ＭＯＭＯの年齢は32歳。俺とは8歳離れている。俺もつい最近までそれぐらいだと思っていたのに、いつのまにか40の大台に乗っていた。きっとあれよあれよという間に50歳になってしまうのだろう。

「婚活バスツアーはコスパがいいからね。都合がついたら参加してる」

「コスパ」

俺も記事ではよく「コスパ最強！　リピ確！」と書いたりするが、声に出してみると変な感じだ。

「猪名川健人っていうんだ。ケンティーって呼ぶし、あたしのこともＭＯＭＯって呼び捨てでいいよ」

「ケンティー」

おもしろワードが次々飛び出てきて、俺はそれをリピートすることしかできない。

「もしかしてＭＯＭＯって海外に住んでた？」

「えっ？　わかる？」

ＭＯＭＯが目を見開いて、わざとらしく両手を口に当てる。

「ロサンゼルスに留学してたことがあるの」

ロサンゼルスが思いっきりカタカナ発音だった気がするけれど、そこだけで嘘だと判断するの

は性急だ。車窓からは高速道路のインターチェンジを示す緑の看板が見えて、ここから1時間半
ＭＯＭＯと親睦《しんぼく》を深めることになるのだと身が引き締まる。

「ただいま、高速道路に入りました。ここからサービスエリア休憩まで、席をお立ちにならないようお願いいたします」

２列前の鏡原さんが着席したままアナウンスした。

「あたし、高速道路って好きなんだよね。後戻りできないところが人生みたいで」

ＭＯＭＯが窓の外をうっとり見つめる。俺は黙ったまま彼女のプロフィールカードに目を落とす。住所は「浜松市」とまっとうに書かれているが、続く職業には「自由」と書かれていて、その意味するところがよくわからない。

「職業『自由』ってどういうこと？」

「フリーってことだよ」

ＭＯＭＯは笑顔で答える。

「俺もフリーでライターやってるんだけど、そんな感じ？」

「うーん、ライターとかそういう枠もない感じ。できることをして、稼いでる」

一気にうさんくさくなってきたので、深掘りするのはやめようと思う。

「へぇ〜、ケンティーはライターなんだね。最近はどんな記事を書いたの？」

「星占いとか」

「えっ、占いできるの？　すごーい」

目を輝かせるMOMOを見ていると、適当にそれっぽいことを書いているだけなんて言えない雰囲気だ。MOMOの誕生日は8月上旬だから、しし座。血液型はAB型と書いてある。ここはインチキ占い師として繕《つくろ》ってみようか。

「しし座のAB型は、年明けぐらいにラッキーが舞い込むよ」

「マジでー？」

誰しも正月にはひとつぐらいラッキーなことがあるだろう。俺も毎年、正月には実家に顔を見せるようにしている。いい年したおっさんにもかかわらず、ばあちゃんがお年玉をくれたりするものだ。

「理想の結婚相手が健康な人って、おもしろいね」

MOMOにおもしろいと言われるなんて光栄だ。そういうMOMOが理想とする結婚相手は「自由な人」だった。

「自由な人って、たとえばどんな人？」

「あたしにもわかんない。真に自由な人は、きっとあたしの想像を超えてくる」

俺はMOMOの想像を超えられないんだろう。しかし、真に自由な人が婚活パーティーに参加することなんてあるのか？

「自由な人は結婚しそうにないけど」

思わず本音を漏らすと、MOMOが眉をひそめる。

「だから、理想の結婚相手でしょ。どんな人と結婚したいか、じゃなくて」

俺ははっとした。たしかに、理想と現実はちがう。プロフィールカードの質問項目にそんなトラップが隠されていたなんて。

俺が書いた「健康な人」なんて、まさしく現実に求める結婚相手の条件だ。将来の夢を尋ねられて会社員と答えるぐらい夢がない。

いやしかし、これは婚活イベントのプロフィールカードだ。そこに現実ではなく理想の結婚相手を書かせる意図はなんだ。この場合「理想の」は「こうだったらいいな〜」という程度の願望とも読み取れる。

「ケンティー、そんなに深く考えないで」

俺がよっぽど難しい顔をしていたのだろう。ＭＯＭＯは今度は同情するような顔になってこちらを見ていた。

「この際、理想の条件全部言っていこう。あたしは年収1億円の人がいい」

「たしかにそうだね。実家が太いのも重要」

夢物語を話し合っているうちに時間が過ぎ、鏡原さんがマイクを持った。

「お話が盛り上がっているところ失礼いたします。バスはまもなく御在所《ございしょ》サービスエリアに到着します。20分間の休憩を取りますので、お戻りになったら、男性の皆様は次の席に移ってください」

バスの車内に意識を戻すと、ほかの席でもそれなりに盛り上がっている様子だ。俺もＭＯＭＯといつのまにか打ち解けた気がする。

「前にここのサービスエリアに寄ったとき、バインミー風サンドイッチが売ってたの。あたしにとってはパクチーが足りなかったけど、あれが売ってたらまた食べたいな」

あのあと、現実的に結婚相手に求める条件として、MOMOはパクチーを食べられる人を挙げた。MOMOはパクチーが大好きなのだが、家族や友だちは軒並《のきな》みパクチー嫌いで寂しいという。

俺がパクチーを食べたことがないと言うと、MOMOは驚いた顔を見せた。そもそもパクチーを使った食べ物なんて、めったにお目にかかれない。俺にとって、近所のローソンやスーパーで目に入らない食べ物は存在しないのと同じなのだ。

「ケンティーも食べるよね？」

「まぁ、食べてもいいけど……」

サービスエリアに着くと、参加者たちがバスから降りる。それまで話していた相手とは「それではまた」と別れて歩き出すペアが多い中、俺とMOMOは成り行き上一緒に店の方へと歩きだした。

座っているときにはわからなかったが、MOMOは小柄で、どこに売っているのか不思議になるような紫のエスニック柄のスカートをはいている。個性的なファッションだが、妙に似合っていた。

「ほら、あった！」

サービスエリアの中に併設されたベーカリーで、バインミー風サンドイッチと書かれたパンがプラ容器に入って売られている。15センチほどの長さのフランスパンに、焼いた肉と細切りの大根や人参《にんじん》が挟んであるようだ。

　商品名の下には「パクチーが入っているので苦手な方はご注意ください」というご丁寧な注意書きがついている。

「この注意書き、パクチーに対する熱い差別だね」

　ＭＯＭＯは怒ったように言いながら、バインミー風サンドイッチの容器を2個手にとってレジへと向かった。

「1個ケンティーにあげるよ。ひとくち食べて苦手だったら、あたしが食べるからちょうだい」

　俺たちはフードコートのテーブルに向かい合って座る。

「この緑のがパクチー？」

「そうだよ」

　ＭＯＭＯはスマホでサンドイッチを撮影し、「いただきま～す」と両手に持ってかぶりついた。俺もそれにならって口に入れると、食べたことのない青臭さを感じる。あぁこいつがパクチーかと40歳での初体験を果たした。

「どう？」

「すごく好きというわけじゃないけど、全然平気」

　ほかに入っている具材は肉や野菜なので、普段食べているサンドイッチとそう変わりない。それらにパクチー風味が加わっているだけだ。

「やったね！」

ＭＯＭＯがサンドイッチを持っていない方の手を拳《こぶし》にしてこっちに向けてきたので、俺も拳を作ってタッチした。ふと視線を遠くに向けると通路を歩く鏡原さんが見えて、そういえばこれは婚活バスツアーだったと現実に引き戻された。

食べ進めていくうちにパクチーの風味にも慣れてきて、ハマる人の気持ちもわかる気がしてくる。

「俺もけっこう好きかも」

サービス精神でちょっと盛ったことを言うと、ＭＯＭＯの表情が明るくなった。

「あたしがパクチー好きって言うと、人の食べ物じゃないとか言う人がいるの。ああいうの本当にやめてほしい」

「それはよくないね」

俺はサンドイッチのお返しとしてＭＯＭＯにカフェラテをおごり、バスへと戻った。俺がさっきまで座っていた３‐Ｂの席には別の男が座っていて、あぁもう俺はＭＯＭＯの隣じゃなかったんだと若干の寂しさを覚える。

「またね～」

ＭＯＭＯに手を振られながら、俺は通路を隔てた３‐Ｃの席に座る。

「よろしくお願いします」

３‐Ｄに座る次の相手は色白で、ホームセンター勤務のマキだった。さっきのＭＯＭＯの個性と比べると物足りなく感じてしまう。

「マキさんはパクチー好きですか？」

「前に一度食べたことあるけど、好きじゃなくて、それから食べてないです」

「そうなんですね」

マキと当たり障りのないトークをしていると、ときどき左の方からＭＯＭＯの大きな笑い声が聞こえてきて、意識が引っ張られる感覚があった。


浜松駅を出発してから3時間ほど経って、バスは大津インターチェンジを下りた。

「ご覧ください、琵琶湖が見えますよ」

鏡原さんがマイクを持って案内する。隣の席に座るきーちゃんも琵琶湖ははじめてだそうで、

「わぁ～」と素直に声を上げた。

「これから私たちは琵琶湖の観光船、ミシガンに乗船します。船内で昼食バイキングがありますのでお楽しみになさってください」

バイキングがあるんだったらバインミー風サンドイッチなんて食べている場合ではなかったと後悔するところだが、ＭＯＭＯの導きでパクチー初体験を果たしたと思えば悪い気はしない。

同じバスで3時間も過ごした同士、すでにどことなく仲間意識ができている。バスを降りた参加者たちはまとまって歩き、琵琶湖岸に出てスマホでパシャパシャ写真を撮りはじめた。

「すごい、いい天気」

すぐ前にいたＭＯＭＯが誰に言うともなく言うので、俺も「いい天気だね」と返す。ＭＯＭＯ

は振り返り、俺を見上げて笑顔を見せた。

ミシガンは想像していたよりでかい船だった。昔乗った清水港の遊覧船とはスケールが違う。そのままディズニーランドに持っていっても違和感がないような外観で、パンフレットを見れば4階建てだという。俺たち一行以外にも、大型バスでやってきた老人の集団がいる。

昼食付きの俺たちはミシガンダイニングと書かれたゲートをくぐり、桟橋《さんばし》を渡って船内に入った。古い洋館のような木製の階段をのぼり、鏡原さんの指示に従って集まる。

「こちら、6人がけの3テーブルに分かれて座っていただきます。特に場所は決めませんので、お好きな席にお座りください」

くじ引きで決めるのだろうと予想していたが、まさかの自由席である。参加者の間でも緊張感が走ったのがわかる。俺は無意識のうちにMOMOを見ていた。気になっているのだと認めざるを得ない。

俺が動くべきか迷っていると、前にいた男が「どこでもいいから座りますか」と隣の女性をそれとなく誘った。女性も「そうですね」と、男の隣の席につく。それが契機となって、ほかの参加者も続々と座りはじめた。

俺も適当に空いていた席に座りましたという顔をして、MOMOの右隣に座ることに成功した。俺の右隣にはあきながが座り、向かいの席にも男女が座ってひとつは空席になる。

「お料理は60分間食べ放題です。ミシガンクルーズは90分なので、残りの30分はこちらでお茶してもいいですし、船内を探検してもいいですし、3階ステージで行われる歌のショーを見るのもおすすめです。それでは楽しくお過ごしください」

鏡原さんの案内で、俺たちは立ち上がって料理を取りに向かった。

それにしても、バイキングなんて久しぶりだ。ドリーム・ハピネス・プランニングと出会ってから焼肉食べ放題にも連れていってもらったし、ボーナスステージみたいだ。

貧乏性ゆえ料理をたくさん取ってしまうが、見栄えが悪くならないよう心がけた。滋賀県のご当地食材コーナーには、琵琶湖でとれたスジエビを使った海老豆《えびまめ》や、近江鶏《おうみどり》を使った茶碗蒸し、赤こんにゃくの煮物が並んでいる。旅行気分を味わうためにもいくつか取ってみた。

テーブルに戻ると、ＭＯＭＯも俺と同じぐらいたくさんの料理を盛って並べていた。

「たくさん食べるほう？」

「うん。やっぱりたくさん食べないと損でしょ」

ＭＯＭＯは料理をスマホで撮影すると、ここでもちゃんと「いただきま～す」と言ってから箸《はし》を持った。思えば俺は一人暮らしが長すぎて、いただきますを言う習慣がなくなっている。こないだ鏡原さんたちと焼肉を食べたとき、いただきますって言ったっけ？

記憶をたどっていたら、右隣に着席したあきなからも「いただきます」の声が聞こえた。あきなの皿は料理の色や形を計算して並べたかのように洗練されていて、ギリ人間の食べ物としての体裁を保っている俺の大盛りとは大違いだ。

「わたし、少食で。たくさん食べられる人がうらやましいです」

俺の視線に気付いたのか、あきなが言い訳のように言う。

「いやいや、全然そんなことないです。俺も普段はふりかけご飯一杯だったりしますし」

何の言い訳だと自分で自分に突っ込む。

「ケンティー、ふりかけご飯一杯はよくないよ」

左からMOMOが口を挟む。

「そうですね。炭水化物しか取れてないので、タンパク質を取り入れるといいかもです。納豆とか、卵でいいので」

あきなが医療従事者らしいアドバイスをくれた。

「そんなこと言って、わたしも忙しいときはコンビニのおにぎりしか食べられなかったりします」

「コンビニのおにぎりおいしいよね！　何の具が好き？」

MOMOがあきなに話しかけたのでドキッとする。このイベント、同性同士でしゃべることを禁止されているわけではないけれど、なぜかご法度な気がしていた。同じバスに乗ってきて、女性とは全員会話をしているのに、男性のことは何ひとつ知らない。あきなも一瞬驚いたようだったが、すぐに「やっぱり鮭《さけ》かな」と返した。

「いいね！　あたしはツナマヨ。ケンティーは？」

「え、俺もツナマヨ」

俺は小学生の頃からツナマヨ一筋である。家でも作ろうと試みたがべちゃべちゃになってしまうので、ツナマヨこそコンビニで買う価値があると思っている。

「あ、でも、鮭も好きです」

「気を遣わなくていいですよ」

俺の下手くそなフォローに、あきなが笑う。

「このサーモンのカルパッチョもおいしいです。意識してなかったけど、おにぎりじゃなくても鮭が好きなのかも」

「琵琶湖でとれた鮭なのかな？」

ＭＯＭＯが言うので、「いや、琵琶湖で鮭はとれないでしょ」とツッコミを入れる。

「ネットで見た情報では、ここのカレーがおいしいそうです」

「へぇ、後で食べてみようかな」

バイキングの制限時間60分はあっという間に過ぎた。食後のプリンもうまくて、晴れやかな気持ちでコーヒーを飲む。

「わたし、ちょっと外に出てみますね」

「はーい」

あきなはカバンを持って立ち上がり、部屋を出ていった。

「一緒に行かなくてよかった？」

ＭＯＭＯに尋ねられて、そういえばこれが婚活バスツアーだったことを再び思い出す。あきなと一緒に席を立つ選択肢もあったのだと今になって気付いた。

「まぁ、コーヒー飲んでたし」

飲んでなくてもたぶん行かなかった。俺は自分でも気付かないうちにあきなよりＭＯＭＯを選ぶと決めていたんだと思う。

「あたしも外見てきたいけど、ケンティーも行く？」

「うん」

俺がコーヒーを飲み干すと、ＭＯＭＯは首をすくめて笑った。

４階に上がるとデッキがあって、湖が３６０度見渡せる。海のように広大だが潮《しお》の匂いがしないし、波がないから船も揺れない。湖岸には大きなマンションが並んでいるのが見えて、湖の眺望が売りになっているのだろうと想像がつく。

「船っていいよね～、地に足がついてない感じが」

ＭＯＭＯが椅子に腰掛けて微笑みを浮かべる。俺もその隣に腰を下ろした。

「ケンティーは何がきっかけでこのバスツアーに参加したの？」

さっき食べたばかりのプリンが喉をせり上がってくるような質問だ。今朝、鏡原さんに電話で叩き起こされたなんて言えない。これはもうＭＯＭＯと歩調を合わせてごまかすしかない。

「運命の出会いを求めて、導かれるままに」

ＭＯＭＯが黙ったのでまんまとすべったかと思ったが、一瞬の間を置いて「そういうの大事！」と同意してくれた。

「なんか、珍しく話が合う人に出会えたかも」

ＭＯＭＯが出っ張った前歯を見せて笑う。めでたくハマったらしい。

「いい天気で気持ちいいですね」

視線を上げると、あきなが立っていた。俺たちが二人でいるところへ果敢《かかん》に飛び込んでくるなんて、もしかして俺に気があるのか？　話し相手がほしければほかにも参加者がいるのに。

「それじゃ、またね～」

ＭＯＭＯが手を振って去ってしまい、俺はますますわからなくなってくる。あきなはＭＯＭＯが座っていたのと逆側の隣の席に腰掛けた。

「あきなさんは看護師さんなんですよね。今はどういったところにお勤めなんですか？」

さっき「病院に勤めていた頃」と話していたのは覚えている。

「いまは、健康診断の会社に勤めているんです」

そういえば俺はフリーになってから健康診断を受けていない。バレたら怒られるだろうかとひやひやしていると、さっそく「猪名川さんは健康診断受けてますか？」と質問された。

「実は、全然受けてなくて……」

「そうですか」

あきなに俺を責める様子はない。

「国保だったら、40歳になる年度から特定健診が受けられます。ぜひ受けてみてください」

理想の結婚相手に健康な人と書いているくせに、自分の健康に意識を向けてこなかった。もうちょっとちゃんとしたほうがよさそうだ。

「採血が怖いとかですか？」

「いや、単純に予約とかが面倒で」

「あー、なるほど」

我に返ればそこは琵琶湖の上で、どうしてこんなところで健康診断トークをしているのかとはっとする。

「下のほうも見にいきましょうか」

あきなと共に階段を下りて船尾に行くと、赤い外輪が水しぶきを上げて回っているのが見える。身を乗り出してスマホで写真を撮っているおっさんがいて、見ているだけでヒヤヒヤする。

「ああいうの、怖くないですか？」

俺が言うと、あきなも「めっちゃ怖いです」とうなずく。

「体は落ちないにしても、スマホ落とした人は絶対いますよね。琵琶湖に何台のスマホが沈んでるんだろう」

琵琶湖の底に沈むスマホは一台や二台じゃないだろう。淡水に浸かりつづけるとどんな状態になるのか、想像がつかない。

あきなと船内を回っているうちにミシガンは元の大津港に戻った。船を下りて桟橋に出ると、現実に戻った浦島太郎みたいな気分になる。

「せっかくですので、全員で記念撮影します。あとでシェアしますが、くれぐれもＷｅｂへのアップはしないようにお願いします。見つかった場合は罰金10万円です」

鏡原さんの生々しいアナウンスがさらに現実感を増す。

「どうしても姿を写したくない方は抜けてもらって構いません。どうぞミシガンをバックにお並びください」

ばらばらだった俺たちは、ミシガンをバックになんとなく集合した。誰の隣になろうと思案する間もなく、鏡原さんが、

「撮りますねー。ハイ、チーズ！」

と、スマホを横持ちにして何枚か写真を撮った。

「それでは、次の目的地に参ります。まずは女性から乗ってもらって、男性は最初いた席にお座りください」

乗り込むときに３－Ａに座るＭＯＭＯに目をやったが、スマホをいじっていて目が合わなかった。そのまま６－Ｂの席に戻ると、あきなが「お疲れさまでした」と迎えてくれる。さっきも船の上で一緒に行動していただけあって、昔からの知り合いだったかのような安心感があった。

「そういえば、あきなさんはこのバスツアー、どこで知ったんですか？」

「わたし、司会をしている鏡原さんと幼なじみで」

「ええっ？」

驚きの新事実に胸が高鳴る。鏡原さんの過去を知る人が現れるなんて。

「いつからお知り合いなんですか？」

あきなの戸惑うような表情を見て我に返る。そうか、俺が鏡原さんに関心を持つのが不自然なのか。

「すみません。前にもここの婚活パーティーに出て、鏡原さんのこと謎の人だなって思ったので……」

「あぁ、なるほど」

あきなは納得がいったようにうなずく。

「わたしたち、浜松市内の小学校で登校班が一緒だったんです。わたしが1年生のとき、なおちゃんは5年生で」

なおちゃんという呼び名が新鮮で、胸のあたりがくすぐったくなる。鏡原さんが浜松出身ということも、いま知った。

「去年、イオンでたまたまなおちゃんと再会して、婚活の仕事をやってることを知ったんです。わたしも独身だって言ったら、ぜひ来てよって誘われて。パーティーも含めて、これで3回目です」

もしかして、このバスに乗っている全員、鏡原さんか社長と縁故があるのではないか。そうでもないと、あのドリーム・ハピネス・プランニングが続いている理由がわからない。

「実はほかの会社の婚活イベントにも行ってみたことがあるんですけど、運営側も参加者ももっとガツガツしてるんです。ここはいい感じにぬるくて、疲れないのがいいです」

疲れない婚活。たしかにそれは重要かもしれない。

「実際、これだけぬるいのに成婚率が高いらしいですよ。なおちゃんは婚活マエストロって言われてて」

「婚活マエストロ！」

思わず声を上げると、あきなは怪訝《けげん》そうな顔をした。

「すみません。前にも『婚活マエストロ』って呼び名を聞いたんですけど、ほんとかなって疑ってたんです」

前に俺が参加した婚活パーティーでアリサも同じことを言っていた。少なくとも二人が鏡原さんを婚活マエストロと認識していることがわかり、俄然信憑性《しんぴょうせい》が増す。

「なぜか、うまい具合にカップル成立するらしいんです。逆にカップル成立しない場合でも、いい気分で帰らせてくれるのが売りなんだとか」

たしかにそれはあるかもしれない。前回のシニア婚活パーティーでも、みんな笑顔で会場を出ていった。腰が曲がっていたおばあさんも、パーティーの終わりにはいくぶんシャキッとしているように見えた。

「これ、誰にも話したことがないんですけど」

あきなが意味ありげな前置きをする。

「小学校の登校班で、一つ上の学年に好きな男の子がいたんです。いつもなおちゃんがさりげなくその子と並ぶようにしてくれて……。あの頃から婚活マエストロの才能を発揮してたのかもしれない」

俺は思わず両手で顔を覆《おお》った。そんな根っからの婚活マエストロを感じさせるエピソード、最高じゃないか。

「皆さま、琵琶湖クルーズはお楽しみいただけましたか?」

鏡原さんが前に立ってアナウンスをはじめる。出会ったときから鏡原さんに対してどことなく怖いイメージを抱いていたが、「なおちゃん」だった時代を思うと見え方が変わる。登校班でも頼りになるお姉さんだったに違いない。

「まるで遊園地に行ったかのような非日常感がありましたね。お食事もおいしくて、私は茶碗蒸しを3個食べちゃいました」

昼食会場で鏡原さんの様子をうかがう暇はなかったが、どうやら一緒に楽しんでいたようだ。

「続きましては、アウトレットパークでお買い物です。こちら自由行動ですので、気になる方と回ってもよし、一人で回ってもよしです。今からご意向をうかがうカードを回しますので、記入してください」

前の方からカードが回ってきて、学生時代のプリントみたいだなと思う。渡されたカードには、「一人で回りたい」「この人と回りたい」「誰でもいいから一緒に回りたい」という選択肢が書かれていて、一番下に「この人とは回りたくない」という欄がある。

「これも鏡原さんが見てマッチングするんですよ。すごいですよね」

あきなが独り言のように言う。おそらく「この人と回りたい」の相手が「この人とは回りたくない」と書かれることもあるのだろう。婚活マエストロがどんな気持ちで采配をふるっているのか、気になるところだ。

「あっ、このままだとお互い書きづらいですよね」

あきなは窓側に体をひねり、俺に見えない角度でカードを書きはじめた。俺も手で隠しつつ、「この人と回りたい」に丸をつけ、第1希望にMOMOと書き込んだ。さっき不完全な形で離れてしまったので、もう少し話してみたかった。第2希望にあきなを書こうか迷ったが、どうせならもっと別の相手と話してみたいと思い、「誰でもいいから一緒に回りたい」にも丸をつけてみた。

「それでは、この袋にカードを入れていってください」

回ってきた袋にカードを入れると、テストの解答用紙を提出したような気分になった。

「ご提出ありがとうございました。これよりアウトレットパークの地図とクーポンをお渡しします。行きたいお店などチェックしておいてくださいね」

アウトレットパークの存在は知っているが、テレビで見るぐらいで行ったことがない。地図にはカタカナの店がとうもろこしの粒みたいに並んでいる。

「俺、アウトレットってはじめてなんですけど、あきなさんは行くことあります？」

「めったに行かないですね。買い物はもっぱらイオンです」

「わかります」

普段は近所のローソンかスーパーにしか行かない俺だが、月に一度はイオンモール浜松市野《はまつまいちの》に繰り出して日用品や衣類を購入している。あきなも同じイオンモール浜松市野ユーザーだそうで、フードコートのうどん屋の行列が長すぎることや、食品レジの支払い方法選択画面がわかりづらいといったあるあるで盛り上がった。

バスは30分ほどでアウトレットパークに到着した。鏡原さんの誘導でバスを降り、パークの入口までぞろぞろ歩く。

「それでは、マッチングされた方からお呼びしますので、そのままお進みください。こうたさんと、きーちゃんさん」

みんな大人な顔をしているが、内心呼ばれるかどうか気が気じゃないだろう。かくいう俺も、できれば誰かに選ばれたいと思っている。

「猪名川さんと、ＭＯＭＯさん」

さっきから視界に入っていたＭＯＭＯが、俺の顔を見る。本当はガッツポーズしたいぐらいだけど、ほかの参加者の手前、涼しい顔でＭＯＭＯに近付く。

「ケンティー、あたし行きたい店たくさんあるんだけど」

ＭＯＭＯが持っている地図には競馬新聞のごとく赤ペンで丸が記されていた。

「俺、イオンにしか行ったことないからアウトレットのことは全然知らないよ」

「うん、ついてきてくれるだけでいいよ」

ＭＯＭＯは宣言通り俺を従えて目当ての店を回りはじめた。「女はすでに決まってるくせにどっちがいいか聞いてくる」という悪口を聞いたことがあったが、ＭＯＭＯにおいてはそんなことはなく、店に入って数分で「これを買う」「この店では買わない」といったジャッジを下していた。

「即決だね」

俺が感心して言うと、ＭＯＭＯは「服の方からオーラ出してくるの」と主張する。紙袋が両手にいっぱいになったところで、俺は見かねて「荷物持つよ」と切り出した。

「ほんと？　ありがと」

普段から全然買い物をしないから、こうして買い物をしている人を見るのは気持ちがいい。ＭＯＭＯのほうから俺に買い物させる素振りがないのもいい。ＭＯＭＯが試着をしている間にそのへんにあるシャツの値札を見てみたら１枚５０００円ぐらいして、やっぱり俺はイオンの１９８０円のシャツでいいやとなる。

ひとしきり買い物を終えて、スタバで一休みすることになった。普段スタバなんて行かないから、ドリップコーヒー３８０円にたじろぐ。ローソンの１２０円のコーヒーと、味の違いがわからない。

「今日もばっちり大収穫だったよ〜」

ＭＯＭＯはストロベリーメリークリームフラペチーノを飲みながらご満悦の様子だ。

「アウトレット、好きなんだ」

「うん。あたし、車がなくて。電車とバスを乗り継ぐのだるいし、バスツアーが一番いい」

俺ははっとした。アウトレットが好きなのに車を持っていないＭＯＭＯ。つまりは車を持っている男にこそ出会いたいだろう。俺なんてイオンに行くにもチャリだ。

ミスマッチに気付いた俺は、ここまで温めてきたＭＯＭＯとの関係が崩れていくのを感じていた。アウトレットで思いきり買い物するＭＯＭＯと、全然買い物できない俺がうまくいくはずがない。目がチカチカするようなスカートをはいたＭＯＭＯに対して、グレーのスーツの俺は釣り合わない。たとえパクチーが大丈夫でも、俺たちの住む世界は違いすぎている。

「どうかした？」

いつのまにか深刻な顔をしていたようで、ＭＯＭＯが心配そうにのぞきこんできた。

「ううん、なんでもない」

だけど今日の参加者の中で、俺がもっとも惹かれるのはＭＯＭＯである。まったくうまくいく気配がなくても、本気の出会いは成り立つのだろうか。

ＭＯＭＯの買い物に付き合っているうちに、集合時間が近付いてきた。

「あたし、トイレ寄るから先に戻ってて」

俺が一足先にバスに戻ると、鏡原さんが俺たちを出迎えるように立っている。鏡原さんは、惹かれ合う同士が匂いでわかると言っていた。俺の相手は同じバスに乗っているのだろうか。教えてほしいけれど、それはほかの参加者に対してフェアじゃない。

「お疲れさまです。楽しめましたか？」

鏡原さんは一貫して俺を一参加者として扱っている。それなら俺も、一参加者として質問してみよう。

「あの、最後のカードって、結婚相手としてうまくいきそうな相手と、うまくいきそうにないけど惹かれる相手、どっちを書くんですか？」

すがるような気持ちで尋ねると、鏡原さんは少しだけ口角を上げて、

「惹かれる相手です」

と即答した。

「うまくいきそうな相手はいくらでもいます。でも、惹かれる相手はそういません」

俺は「わかりました」と答えると、胸を張ってバスに乗り込んだ。


最後の座席はくじ引きで、俺は最初のトークタイムでしか話さなかった翠《みどり》の隣だった。バイキングで何を食べたかとか、アウトレットでどんな店を回ったかとか話していたが、さほど盛り上がらない。翠も同じ気持ちだったようで、

「たくさん歩いて疲れたし、ちょっと休みましょうか」

と提案してくれた。

「そうですね」

俺が承諾すると、翠は座席に背中を預けて目を閉じた。その様子を見ていたら、途端に俺まで眠くなってくる。思えば今朝は鏡原さんに叩き起こされて、あまり寝ていないのだった。俺も目を閉じて、バスの走行音に身を任せた。

「さて、このバスツアーもゴールが近付いてまいりました。最後の印象カードをお配りさせていただきます」

鏡原さんのよく通る声で目覚めた。隣の翠は先に起きていたようで、スマホをいじっている。前から回ってきたカードを受け取り、俺は迷わず「ＭＯＭＯ」と書いた。もう、どちらの結果に

なっても構わない。カードを提出すると、定期テストのすべての教科を終えた清々しい気持ちが蘇ってくるようだった。

バスが三方原《みかたはら》スマートＩＣを下りると見慣れた景色が広がって、いよいよ帰ってきたという安心感を覚える。

「皆さま、まもなく旅が終了いたします。今日一日、お楽しみいただけたでしょうか」

俺は無意識のうちに拍手していた。俺につられるように翠も手をたたき、バスじゅうに広がっていった。

「ありがとうございます。それでは、カップル成立した方を発表していきますね。まずは、ようへいさんと、マキさん」

心臓が高鳴っているのがわかる。前の婚活パーティーで「アリサ」と書いたときにはここまでじゃなかった。きっと俺は、ＭＯＭＯに選ばれたいのだ。

「木下《きのした》さんと、翠さん」

俺は思わず隣に顔を向けた。翠は一瞬意外そうな顔をしたが、すぐに笑顔を作って木下とおぼしき男と目を合わせていた。

きっと大丈夫。だって鏡原さんだって惹かれる相手を書くように言っていた。俺が惹かれていたように、ＭＯＭＯだって惹かれていたかもしれない。

「みっちーさんと、あきなさん」

喉《のど》の奥がぐっとなるのがわかった。ちょっとだけ、あきなが俺を狙っているのではないかと思っていたのだ。めでたく別の男とカップル成立したのが、微妙に悔しい。

「次が最後のカップルになります」

鏡原さんが宣言すると、急激に不安になる。すでに成立したカップルは3組。男性は7人いるけれど、今日成立したのは4組。最後のカップルはMOMOと俺であってくれ。祈るような気持ちで膝《ひざ》の上においた両手を握る。

「こうたさんと、きーちゃんさん。以上です」

俺は声を上げそうになったが、隣に翠がいることを思って平静を装う。俺の思いは実らなかった。目の奥が熱くなってきたのを、強く目を閉じてごまかす。

俺が静かに気持ちの整理をつけている間も、バスは走り続けて浜松駅の北口ロータリーに到着した。

「お疲れさまでした。忘れ物のないようにバスを降りてくださいね」

駅ビルの時計は8時を指している。カップル成立した同士はここから飲みに行くのだろう。敗者はただ去るのみである。

「お疲れさまでした」

鏡原さんは乗降口に立ち、参加者一人ひとりに笑顔で挨拶している。俺がバスを降りると、少し前に紙袋をたくさん提げたMOMOが見えた。カップル成立していないのに話しかけるのは好ましくないかもしれないが、今日のお礼を言うぐらいは許してほしい。俺は急ぎ足で近付き、

「MOMOさん」と呼びかけた。

「あっ、ケンティー。お疲れ」

MOMOが振り向いてくれたのでほっとする。

「今日はありがとう。MOMOさんがいてくれて楽しかった。それだけ伝えたくて」

「そっか。ありがとう」

MOMOは目を細めてうなずき、「じゃあね」と言って去っていった。自らの手の内は明かさず、俺のことも傷つけない。大人な対応だった。

ロータリーに目をやると、観光バスはすでに消えていた。鏡原さんと社長の姿もなく、すべて幻だった気がしてくる。駐輪場に向かって歩きだすと、奥歯に挟まっていたパクチーの風味が口の中に広がった。

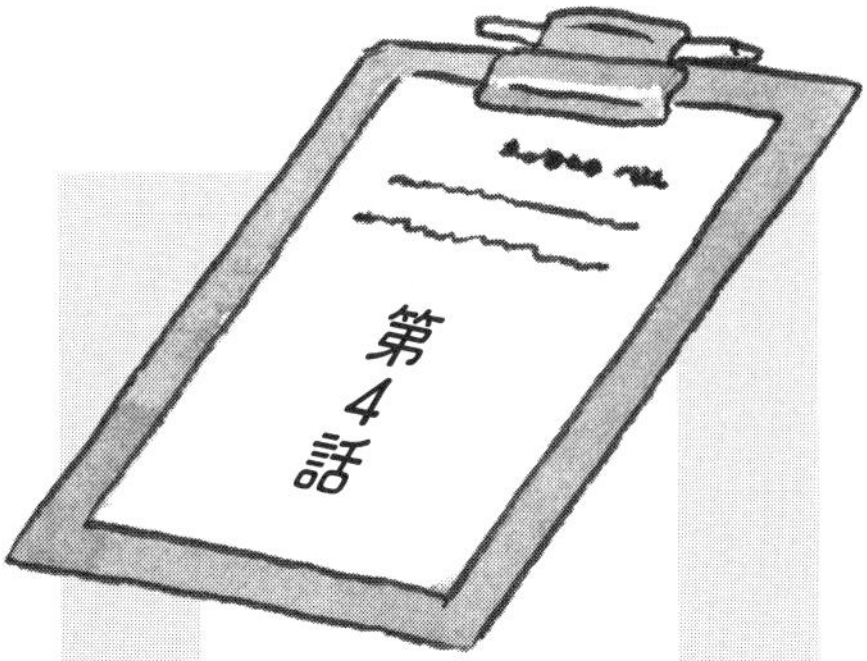

婚活探求者

「健人さんはライターのお仕事をされてるんですね～。なんだか楽しそう」

沙織《さおり》はフォークを持ったまま、笑みを浮かべて俺を見た。

「そうですね。人間関係に悩まず、在宅でできるところは気に入っています」

「たしかに人間関係っていろいろありますよね～」

浜松駅から車で15分の場所にあるイタリアンダイニング「ヴェルパロッサ」。黒を基調とした店内には高級感があふれているが、ランチコースAは３３００円とお手頃だ。浜松産野菜をふんだんにつかった料理を売りにしていて、前菜のサラダが大人気だという。

今日のメインは肉料理がローストチキンの青梗菜《ちんげんさい》添え、魚料理がスズキのアクアパッツァで、俺が肉料理、沙織は魚料理を選んだ。

さっきからわからないことばかりで、沙織のまねばかりしている。テーブルの上に置かれていた白い布を膝にかけ、フォークとナイフは外側から使う。何を着ればいいか迷ったが、スーツにしておいて本当によかった。

こんな店、婚活アプリを使わなければ、一生来なかっただろう。

１週間前に参加した婚活バスツアーでＭＯＭＯとカップル成立しなかった俺は、チャリを爆速で漕いで自宅に帰り、スーツを脱ぎ散らしたままシャワーを浴びて即就寝した。

翌朝10時に目覚めてすぐ、そういえばきのうMOMOにふられたんだよなと思い出してしまい、自分が思いのほかダメージを受けているのを知る。

身体を起こす元気も出ず、充電し忘れたスマホを枕元のコードにつなぎ、寝転がったままXのおすすめタブを無限にスクロールすることしかできなかった。

電車で泣き止まない赤ちゃんにジジイが怒鳴り、近くに立っていた若い女がジジイを右ストレートで撃退したというポストが物議を醸《かも》していた。引用に書かれたコメントを見てみると、「スカッとする」「それでも暴力はよくない」といった意見が寄せられている。

Xを見てるとみんな幸せだなって思う。俺なんか友だちもろくにいないし仕事もぱっとしないし、世の中に発信できる面白い話のひとつもない。いや、面白くない話を発信できる胆力がないというべきか。Xを見てると「匿名にしてもよくこんなこと書けるな」と思ってしまうことがあって、それを平気でポストできるマインドがうらやましい。

俺のアカウントはライター用に作ったもので、フォロワーの大半は怪しい副業やスパムのアカウントだ。自分から発信することはほとんどなく、地震のときに「ゆれた」と書き込むぐらいで、あとはローソンのコーヒーが当たるキャンペーンをリポストしている。

たとえばMOMOにふられたってポストしたらすっきりするだろうか。婚活バスツアーでフラれた〜、とまで打ち込んでみたけれどやっぱり違うなと削除してXを閉じた。

通知がたまりまくっているLINEを開くと、杉田からのメッセージがきていた。

〝ゲンちゃん、マリメリ登録した？　今ならもらえるポイント2倍だって〟

杉田は少し前に婚活アプリ「マリメリ」の招待URLを送ってくれた。杉田もマリメリで出会った相手と結婚したというお墨付きだ。

興味が持てずに放置していたけれど、登録するなら今だろう。だって親指しか動かす気がしないのだから。

俺は杉田とのトーク画面を遡り、マリメリへのリンクをたどってダウンロードした。起動するとチャラいうさぎのキャラクターが出てきて、「まずは登録してみよう！」と誘導をはじめる。

軽い気持ちではじめたものの、ステップ1は本人確認書類のアップロードって、ハードル高すぎないか？　いや、だからこそ安心して相手が探せるという算段か。親指しか動かさないつもりだったのに、腕を伸ばしてきのうのビジネスバッグを手繰り寄せていた。財布からマイナンバーカードを取り出し、写真を撮ってアップロードする。

つづくステップ2は顔写真登録で、さっそく地獄を味わう。世の中の婚活アプリやってる人間みんなこんな面倒くさいことをくぐり抜けてきているのか？　杉田が紹介してくれたアプリじゃなかったら絶対に投げ出していた。

顔写真なんて取り繕ってもしょうがないのだから適当な自撮りでいいだろうと思ったが、ためしに寝たまま撮った写真がどう見ても犯罪者予備軍の顔だったので、身体を起こしてカーテンを全開にし、いくぶんキリっとした顔を作ってみる。マナーとしてひげを剃ったほうがいい自覚はあるが、多少伸びている状態がデフォルトなのでこのまま突き進む。

５回目ぐらいで他人に見せてもよかろうと思える自撮りができた。とはいえアップロードするまでには逡巡があり、しばらくお待ちくださいの数秒の間に何度もキャンセルボタンをタップしたくなった。

ステップ３ではプロフィールに必要事項を記入していく。１と２が面倒くさすぎたせいで、ほっとする。婚活パーティーと婚活バスツアーのときにプロフィールカードを書いたおかげで、すらすら埋められるようになっていた。ダイレクトメールのマンガで「進研ゼミでやったところだ！」と快哉《かいさい》を叫んでいた小学生のようだ。

これで登録は一通り終わったようで、さっきのチャラうさぎが再登場してチュートリアルに移る。プロフィールを見て気になる女性が現れたら「いいね」をつける、「いいね」をつけるところまではポイントを消費しない。そこからメッセージを送るとなるとポイントが必要。外部サービスへの誘導は即ＢＡＮ、などなど。

さっそく検索してみよう！　と案内されて、浜松市内に住んでいる女性を検索すると思いのほかたくさんヒットした。最初に表示されたのは29歳の女性で、年が離れすぎているのでパスする。別に俺は何歳でもいいのだが、相手からすれば40歳の頼りない男なんて願い下げだろう。

いやしかしそれは相手が決めることであって、俺から「いいね」をつけるのは別にいいのか。どうも距離感がつかめない。

月額２５９６円のサブスクへの誘導が何度も出てくるが、右上の「×」を無心でタップしながら女性のプロフィールを見る。果たしてこの人たちは実在しているのだろうか。浜松市で本気の出会いを求めているならドリーム・ハピネス・プランニングの婚活イベントに参加したらいいのではないかと思ってしまい、俺もあの会社にずいぶん取り込まれているなと思う。

何人かに「いいね」をつけたら腹が減ってきた。気付けばローソンに行くぐらいの気力は戻ってきている。まさに布団を抜け出さんとしたところでスマホが震え、マリメリのメールボックスに沙織からのメッセージが届いていた。

「このミニトマト、めちゃめちゃ甘くないですか？　おいし～」

沙織に言われて、俺もミニトマトをフォークで刺して口にいれる。今までミニトマトに対してなんとも思っていなかったけれど、甘くておいしい気がする。

「はい。ドレッシングと合ってますね」

サラダにかかった黄色いドレッシングは甘口で、野菜とよく合っている。あんまり食べたことのない味だ。

「おいしいですよね。コーンドレッシングかな？」

あぁ、言われてみればたしかにとうもろこしの味だ。我ながら味に対する感受性が低すぎる。それでも緑のうすいリボンみたいな物体がきゅうりであることはギリわかった。

沙織は5歳下の35歳。浜松市内の実家に住み、イオンの靴屋で働いているという。俺を選んだ理由は時間に融通がききそうだったから。

「地元の友だちみんな結婚しちゃって、今は子育て真っ最中だからなかなか話が合わないんですよねー。独身の子も土日が休みだったりするので、こうして平日に出てきてくれる人って貴重なんです」

「なるほど」

仮に付き合ったとして、会いたいと言われれば平日の昼間でも会いにいける。なんなら今の俺の一番のセールスポイントは「暇」かもしれない。だから鏡原さんも、バスツアーの人数合わせが必要なとき、暇そうな俺に連絡してきたのだろう。

「健人さんはなるべく早く結婚したいとかあります？」

急に本題に入られた。マリメリは結婚を前提としたマッチングアプリだが、そこにはグラデーションがあって、「今すぐ結婚したい」「意中の相手とじっくり愛情を育みたい」「まずは友達からお願いします」といったステータスを選択できた。俺は消極的に「まずは友達から」を選んでいて、沙織も同様だった。

「いや、まだそれほど具体的には考えてないですね」

正直に答えると、沙織は「よかったー」と胸に手を当てる。

「ごめんなさい。実はわたし、こういうお店に来る相手を探すのが目的なんです。マリメリは結構まともな人が登録してるので、安心して使えます」

「へぇ～」

俺は素直に感心していた。まともじゃない人が登録してるアプリってなんだろうと思ってしまったが、たしかにマリメリに登録したときのあの面倒くささはフィルターになっている気がする。

「じゃあ、婚活アプリで知り合ったランチ仲間がいっぱいいるって感じですか？」

「ダメですか？」

沙織が眉《まゆ》をひそめたので、俺はあわてて両手を振る。

「いや、全然責めてるわけじゃなくて。そういう使い方もアリなんだって、目から鱗《うろこ》だったんです」

「たしかに、結婚を前提としてる男性からは不評っぽいですね。だから最初に正直に話しちゃうようにしていて、それっきり連絡がこなくなることが多いです」

そこへメイン料理が運ばれてきた。でかい皿に、赤ちゃんの手みたいな大きさのローストチキンがちょこんと載っている。添えられた青梗菜のほうが存在感があった。

「パンのおかわりはよろしいですか？」

最初に運ばれてきた小さいロールパンと食パンみたいなパンはとっくに食べていたので、これ幸いと「お願いします」と答える。パンにはオリーブオイルの小皿が添えられていたが、つけたところで味の違いがわからなかった。

「こういうお店で食事するのが楽しみで働いているようなところがあります」

沙織が食べているスズキも一口でいけそうなサイズで、ほかの部分はどこにいったのかと思う。

「健人さんの楽しみってなんですか？」

俺の楽しみってなんだろう。悩む時点で楽しみがないことは明白である。

「寝ること……かな」

やっぱりそこに行き着く。今の生活の何がいいって寝たいときに寝られることだ。

「ほかには？」

沙織が小首をかしげる。寝ることだけが楽しみの40歳なんて、なんで生きてるんだろう案件だ。

「えっと、動画を見るのが好きで……。ゲーム実況とかクイズとか」

我ながらしょうもなさすぎる。特定のチャンネルを追うようなことはなく、ホーム画面に上がっている動画を見るぐらいのものだ。

あとはライター仕事で「○○チャンネルの神回10選」的な記事を書くときにざっと見る。こういうのは再生回数順でソートして上位のものをいくつかピックアップした後、真ん中〜下位の動画を隠れ神回として紹介すれば丸く収まる。

前に俺の書いた紹介記事が軽くバズり、隠れ神回として適当に選んだ動画が「わかる」「助かる」「センスある」とファンから絶賛されていたのは気分がよかった。

と、こんなエピソードを話せばウケるのかもしれないが、微妙に後ろめたい気持ちもあって外には出せない。沙織はメイク動画が好きでよく見ると言うが、どう考えても俺とは縁がない。

なぜか2回出てきたデザートを食べ終え、小さいカップで出てきた苦いコーヒーを飲んで一息つく。恥を忍んでパンのおかわりを3回したことで、腹が満たされた。沙織は紅茶の入ったカップを両手で包むようにして「おいしかったですねー」と満足気に言う。

支払いはあらかじめ割り勘でと言われていたので迷わずに済んだ。しかし問題は店を出たところで起こった。

「今日はありがとうございました。俺、チャリなんで」

「チャリ？」

沙織が顔を曇《くも》らせた。

「沙織さんは？」

「わたし、親に車で送ってきてもらってて」

沙織が不機嫌そうにスマホを操作するのを見て、はっと気づく。そうか、車で家まで送ってほしかったのか。いやしかしこれは確認しなかった沙織の落ち度だ。俺は車で来たなんてひとことも言っていない。

「そうですか。それではお先に失礼します」

いづらくなった俺はチャリの鍵を開け、逃げるようにヴェルパロッサを後にした。


案の定というべきか、沙織からの追加の連絡はこなかった。俺からお礼のメッセージを送ったほうがいい気がしないでもなかったが、２日経ったらどうでもよくなった。

マリメリポイントは沙織とのやり取りで残りわずかになっており、新たな相手を開拓《かいたく》するには心もとなくなってきた。課金してまで続けようという意欲はなく、サブスクへの加入を促すチャラうさぎに対する嫌悪感が湧いてきて、マリメリそのものを放置することに決めた。

一方でいいこともあった。「超初心者向け！　婚活アプリの歩き方」といった婚活アプリに関する記事をすらすら書けるようになり、ヴェルパロッサで支払ったランチ代３３００円を回収できた。

その日も昼まで寝て、ローソンに行くためマンションを出ると、日課の掃き掃除をしている田中宏と出くわした。

「ケンちゃん、婚活はうまくいってる？」

俺は思わず噴《ふ》き出した。

「いや、俺はドリーム・ハピネス・プランニングの記事を書くように頼まれてるだけで、別に婚活してないですよ」

そんなことといって記事作成の話はまったく進んでいない。今のところ、婚活パーティーに参加して怪しいコミュニティに誘われそうになったこと、シニア婚活パーティーのスタッフをさせられたこと、婚活バスツアーでカップル成立しなかったことが履歴として残っている。

「いやぁ、ケンちゃんと婚活の話をしてから、俺もますます婚活に興味が湧いてきたのよ。今日、午後からカラオケに行くんだ」

「女性とですか？」

思わず大きな声が出た。

「二人じゃないよ？　カラオケ婚活っつうの？」

なんでも、シニアが集まるカラオケ喫茶があって、男女の出会いの場になっているらしい。ニヤニヤしている田中宏を見ていたら、妙な対抗心が芽生えた。

「俺もまた婚活パーティー行こうかな」

「うんうん、それがいいよ。下手な鉄砲も数打ちゃ当たるって言うじゃん。たくさんの人に会ってるうちに、好きな相手が見つかるかもよ」

田中宏に触発された俺は、ローソンで買ったラーメンを高速で食べ終え、床に寝そべって婚活イベントを検索しはじめた。

婚活ポータルサイトで浜松市のイベントを調べてみるとヒットは5件で、うち1件はドリーム・ハピネス・プランニングのものだった。参加者たちがどこでドリーム・ハピネス・プランニングを知るのか謎だったが、こういうところにもイベント情報を出しているのだと知って、霧《きり》が晴れた気分になる。

いやしかし、ドリーム・ハピネス・プランニングは半分身内のようなものだ。ほかの会社の婚活イベントにこそ行ってみたい。

思えばドリーム・ハピネス・プランニングの婚活イベントは小規模なものだったし、婚活アプリでも一人しか出会えなかった。ここはひとつ、今までにない大きなイベントに行ってみたらどうだろう。

検索結果一覧の一番上に、PRマークを背負ってバーンと出ているパーティーがある。開催地は静岡市。いつもだったら浜松市じゃないくせに紛れ込みやがってと腹を立てているところだが、それだけ宣伝費をかけているということはスケールも大きいに違いない。

タップして開いてみると、大人数が写っているパーティーの写真が出てきた。年に一度開催されるビッグパーティーだそうで、例年60人以上の参加があるという。小さな文字で「今年の参加人数を確約するものではありません」と書かれているのも見逃せない。

開催日は11月26日の日曜日。なんでこんな晩秋にやるのだろうと思ってしまったが、「クリスマスをともに過ごすお相手を探しているあなたに」の宣伝文句を見て納得する。会場は静岡駅前のホテルで、浜松駅からは1時間ちょっとかかるが、久しぶりに遠出するのもいいだろう。男性の参加費は５０００円。そんなもんかと飲み込めるようになっているから慣れって怖い。これも婚活イベント体験記として回収したらいいのだ。

俺は意を決してエントリーボタンをタップした。


涼しい顔でつり革を持ってみるが、スーツで電車に乗るなんて珍しすぎてそわそわする。このスーツだって10年間クローゼットで眠っていたのに、ここ1か月のうちに3回も稼働させられて戸惑っているに違いない。

車窓の向こうはすっかり暗い。今日のパーティーは18時スタートだ。自分で参加を決めたのに、すでに帰りたくなっている。

そもそも婚活バスツアーでＭＯＭＯにフラれたのが悪い。心が弱っていたばかりに婚活アプリ「マリメリ」に登録し、そこでもうまくいかず、楽しそうな田中宏に感化されて婚活パーティーに申し込んでしまった。

そもそも鏡原さんが婚活バスツアーに誘ったのが悪い？　だとしたら鏡原さんに出会ったのが悪い？　いや、やっぱりドリーム・ハピネス・プランニングに俺を紹介した田中宏が元凶じゃねえか。

田中宏との付き合いも長くなったと思い出す。はじめて会ったのはもう20年以上前、大学の入学手続きに来たときだった。大学生協で物件を探していたら「このマンションは大家さんが常駐なので安心ですよ」とすすめられ、ローソンがそばにある立地も気に入り、レジデンス田中に決めた。

当時、田中宏は妻と二人で暮らしていた。付き添いで来ていた母親と訪ねてあいさつすると、あの人の良さそうな笑顔で、

「わかんないことがあったらなんでも聞いてよ。4年間よろしくね」

と応じたのだった。

——まさかその5倍以上も住み続けるとは思わなかっただろうな。

入居してすぐ停電したときに田中宏が回ってきてくれて心強かったこととか、風呂の水が出なくなったときに田中宏自ら修理してくれたこととか、レジデンス田中での思い出をたどっているうちに静岡駅に着いた。

会場は駅前のでかいホテルだ。ロビーのふかふかした絨毯《じゅうたん》は俺のような場違いな客さえ包みこんでくれる。エスカレーターを上がった先に、今日のパーティー会場である「ダリア」があった。受付テーブルにも白いテーブルクロスがかかっていて高級感がある。城北コミュニティセンターの長机とは違う、ちゃんとしたテーブルだ。

「ようこそお越しくださいました」

白いスーツを着た女性スタッフが営業スマイルで迎えてくれる。どうしても鏡原さんの顔がちらつくが、どっちがいいとか悪いとかは感じない。

「猪名川健人です」

「ありがとうございます。お待ちしておりました」

財布からマイナンバーカードを取り出すと、「本人確認書類はすでにアップロードされておりますので結構です」と断られた。たしかにＷｅｂからエントリーするときにアップロードしたが、ドリーム・ハピネス・プランニングだったら間違いなく再度見せるように言われていただろう。

「５０００円のお支払いをお願いします」

俺が五千円札を差し出すと、引き換えに領収書を渡された。あぁ、これも経費だな。収入が少なすぎてまともに節税してないけれど、取材費として計上しておこう。

次に、「32」と書かれた紙が入った名札ホルダーと、持ち手のついた透明のビニール袋を渡された。

「こちらが本日お使いいただくものです。名札は首から下げてください。お席につきましたら、プロフィールカードのご記入をお願いします。わからないことはそばにいるスタッフにお気軽にお声がけくださいね」

ふんふんうなずいて説明を聞く。ペグシルじゃなくてちゃんとしたペンが入っているのは太っ腹だ。

「そして、こちらがＡＩによる相性診断の結果です」

冷静に受け取ったものの、ドリーム・ハピネス・プランニングにはない内容で、少し楽しみにしていた。Ｗｅｂで申し込んだときに、50項目にわたる心理テストのようなものをやらされたのだ。

ざっと見てみると、「一つのことにコツコツ打ち込むタイプです」とか「理想を低めに設定していませんか」といった眉唾《まゆつば》もののコメントが並び、最後に「あなたと相性がいいのは47番・60番・65番です」と書かれている。

「お席はくじ引きになっています。こちらの箱からお引きください」

引いたくじに書かれていたのはアルファベットのＬだった。といっても誰がいるのかわからないし、いいのか悪いのかもわからない。

「それでは、Ｌと書かれたテーブルへとお願いします。どうぞ楽しんでくださいね」

女性スタッフの笑顔に見送られて、宴会場「ダリア」に足を踏み入れた。

「やばっ」

そこはまるで披露宴会場《ひろうえん》のようで、思わず声が出てしまった。ドリーム・ハピネス・プランニングのパーティー会場の10倍ぐらいありそうだ。

部屋は前後でエリアが分かれていて、後方には向かい合った2脚の椅子が円形に並べられている。前方には円形のテーブルが4×5の20台あって、各テーブルには麻雀卓のように4脚ずつ椅子が並んでいた。

20×4ということは……最大で80人座れることになる。さすがに最後のほうのテーブルはダミーじゃないかと疑ったが、一番うしろの端にあるTのテーブルにも座っている人がいるから、そうガラガラでもないらしい。

Lと書かれた3列目の端のテーブルでは、すでにグレーのスーツを着た男が一人座ってプロフィールカードを書いていた。会場の前方を北とすると、男が座っている席は東。円形だしどこでもいいだろうと、南の席に音を立てずに座る。

透明の袋には、プロフィールカードとボールペン、それに次の婚活イベントを知らせるチラシと、結婚情報誌の広告が入っていた。ペンにもウェットティッシュにも結婚情報誌のロゴが入っている。結婚情報誌の宣伝はわかるが、次の婚活イベントのお知らせはどうなんだ。受験生に浪人生向けの予備校のチラシをがんがん渡すような、デリカシーのない行為だ。

とはいえ、一回だけのイベントで結婚相手が見つかる確率は低い。駅前で不特定多数にチラシをばらまくよりも、一度でも婚活パーティーに来ている客にピンポイントで配ったほうが、効率がいいだろう。

「う〜ん、これはあかんかな〜。でも、正直に書いたほうがええやろか」

あからさまな独り言が隣の男から漏れ出ている。思わずチラ見したら、目が合ってしまった。うねうねした茶髪で、人懐っこそうな丸い顔をしている。首からさげた名札には14番と書かれていた。

「なぁなぁ、好きな人のタイプって、ぶっちゃけたほうがええの？」

なんやこいつ。俺の心の声までつられて関西弁になってしまう。

「こういうとこ来るのはじめてやねん。自分、何《なん》べんも来てるん？」

「来てなくもないというかなんというか」

あまりに要領を得ない回答に「なんやねん」と笑われる。

「まずこの『名前』って何を書くん？　本名書かんほうがええやろか」

心理的な距離が一気に縮まった気がした。プロフィールカードの一番上、俺もいつも迷うところだ。

「自分もまだ答えが出てなくて、迷いの中にいます」

迷いに迷って本名の「猪名川健人」と書くたびに、どことなく負けた気分になる。

「ほな、下の名前にしよか」

男が「隆平《りゅうへい》」と書いたので、俺も合わせて「健人」と書いてみる。それだけのことなのに心強さが生まれて、今日のパーティーに挑む力が湧いてくるようだった。

「健人くん、いくつ？」

「40です」

俺が言うと、隆平は目を丸くした。

「そうなん？　同じぐらいや思ってたわ。俺は34やねんけど」

俺から見たら隆平のほうが若いだろうと見当がついていた。あぁ、でもこれって関西人特有のリップサービスかもしれない。

「あっ、ごめん。年上やのにタメ口やったわ」

「いや、別に大丈夫です。関西のご出身ですか」

ついつい敬語のままになってしまった。

「そう。大阪市内やねん。阿倍野《あべの》区ってわかる？」

過去にアルバイトの求人サイトに載せるための地域紹介記事を書いたことを思い出す。市区町村ごとに「大阪市北区は梅田《うめだ》を中心とした大都市です。オフィスや飲食店など豊富な求人があります。お買い物帰りのショッピングにも便利ですね」といった文章を大量生産した。求人に関係のあるネタが見つかるところはまだよくて、なんの特徴もない場所だと「ご当地キャラのなんとかが人気です」とか、「どこどこは桜の名所で毎年多くの人が訪れます」といった、適当な文章になっていた。

「あべのハルカスがあるところでしたっけ？」

「そうそう、めっちゃでかいねん」

なんとなく会話が保たれているが、西日本は京都までしか行ったことがなく、大阪は未知のゾーンである。先日行った滋賀はだいぶ西端に近かった。ちなみに東端は高校の修学旅行で行った北海道である。

ふと視線を上げると、テーブルの左側を通る女性に目が留まった。俺たちのテーブルから２列前方の左にあるＣテーブルに座ろうとしている。落ち着いた黄色のワンピースに、白いロングカーディガン。服装に見覚えはないが、人物には見覚えがある。

心臓が激しく打ちはじめるのがわかる。顔があまり見えなかったし、よく似た人かもしれない。

でもあの背格好はどう見ても……。

女性はCテーブルの北の席に座った。南の席の俺から、顔がよく見える。

——間違いない、鏡原さんだ。

いつのまにか呼吸を止めていたようで、大きなため息が出た。まさかこんなところで出会ってしまうなんて。あっちだって俺に気付くのは時間の問題だろう。

もしかしたら仕事で来たのではないかと思ったけれど、いつもひとつ結びにしている髪を肩の下まで垂らしていて、明らかに仕事モードではない。鏡原さんも本気の出会いを求めているということか。そんな鏡原さんを見たくなかった。

「どしたん？」

隆平の遠慮のない質問に、「知り合いがいて」とバカ正直に答えてしまった。

「へぇ、みんな出会いを求めとるんやね」

もっと囃《はや》し立てられるかと思ったが、意外と冷静だ。妙だなと思ってすぐ、その理由が思い当たる。隆平は俺の知り合いが女性であることを知らないのだ。知り合いの男が来ていると解釈したら、こういう反応になるだろう。

わざわざ説明するのも面倒くさいので、おとなしくプロフィールカードを記入する。内容はおおむねドリーム・ハピネス・プランニングのものと同じだった。鏡原さんも同じカードに記入していると思うと妙にドキドキしてくる。こうなったら開き直って参加者の一人として楽しむしかない。

職業はＷｅｂライター、趣味は寝ること、好きな人のタイプは健康な人。はじめてのパーティーでは適当に埋めていたけれど、複数回書いていると自分のキャラクターが次第に固まっていくような感覚になる。

これならはじめから無理めな設定を入れておいたらよかった。たとえば趣味のところに料理って書いて、ほんとに料理をはじめちゃうとか、そんな展開もあったかもしれない。

プロフィールカードの記入を終えるころにはたくさんの参加者が集まっていた。同じテーブルの北の席にはメガネをかけた男が座っていて、西の席は空いたままだ。

「何着たらええかわからんかったけど、やっぱスーツで来ておいてよかったわ」

隆平が言うとおり、男性参加者のほとんどはスーツ姿だ。

「普段はスーツじゃないんですか？」

「うん、作業着やねん。私服もダサいし、スーツのほうがマシやろって」

俺も同じような理由なので、たいへん共感できる。

「このパーティーのことはどこで知ったんですか？」

「インスタの広告で出てきてん。なんやおもろそうやし、近所やから行ってみよかなって感じで」

さすがに広告費をたくさんかけているんだろうなと思って、いつのまにか運営側の意識になっていることに気付く。

「それでは定刻となりましたので、はじめさせていただきます」

前方に目をやると、自然と鏡原さんが視界に入った。鏡原さんは椅子の向きを変えて、司会者のほうを向いていた。同じ仕事をやっている者として、思うところがあるのかもしれない。うすうす感じていたが、鏡原さんは美人である。今日の参加者の中でもかなり上位に入るだろう。いくら人間を容姿でジャッジしちゃいけないと言われても、こういう多人数のパーティーにおいて、美しい人が相対的に目立つのはやむを得ない。

「本日はお集まりいただき、誠にありがとうございます。わたくしは本日のナビゲーターを務めます、安藤幸子《あんどうさちこ》と申します。どうぞよろしくお願いいたします」

鏡原さんに負けず劣らずの美声だった。安藤さんが頭を下げると、鏡原さんはしっかり拍手をしている。

「本日は67名様にご参加いただいております。皆さまぜひ、すてきなお出会いをゲットしてくださいね」

お出会いをゲット。なかなか聞き慣れない言葉であるが、この会社では常識なのかもしれない。

隆平も真剣な顔で聞いているし、笑ってはいけない。

「まずは男性と女性で一対一の自己紹介をしていただきます。制限時間は一組様につき1分半とさせていただきますので、短時間でご自身をアピールしてください。気になった方とは後ほどフリータイムでお話しすることもできます。名札ホルダーの裏にメモできるスペースがありますので、気になる方の番号は忘れず書いておいてくださいね」

言われて名札ホルダーの裏を見ると、白いラベルが貼られている。

「あらかじめＡＩ相性診断の番号も書いておかれると便利ですよ。ぜひ意識してチェックしてみてくださいね」
47、60、65と書き入れながら、鏡原さんは何番だろうと気になりはじめる。切手シートが当たる年賀状のくじみたいだ。
「それでは、男性の皆様はプロフィールカードとペンをお持ちになって後方のお椅子にご移動ください。円の内側が女性、外側が男性になっています。それ以外の指定はありませんので、お好きな席にお座りください」

俺と隆平はなんとなく一緒に移動し、隣同士の席に座った。

「緊張してきたわ〜。健人くんは余裕なん？」

右隣の隆平に言われて、たしかにあんまり緊張してないなと気付く。最初に参加したパーティーは半分潜入調査みたいなものだったし、バスツアーは突然はじまって緊張する暇がなかった。はじめて参加した婚活パーティーがこんな立派な会場だったら緊張もするだろう。

「余裕でもないですけど……俺に話しかけたみたいに気軽に話しかけたら大丈夫だと思いますよ」

たいした成功体験もないくせにアドバイスしてみたところ、隆平は「せやな」と大きくうなずいた。

「次に、女性の皆さま、ご移動ください」

「うわー、俺の前の席に誰も来んかったらどないしょ」

最初のうちは関西弁の鬱陶《うっとう》しいキャラだと思っていたが、だんだんかわいく思えてきた。

「全員と話せるようになってるから大丈夫ですよ」

当然、鏡原さんとも自己紹介することになる。鏡原さんはどんな感じで出てくるだろう。さすがに俺の顔は覚えてくれているはずだが、知り合いである前提で話を進めるのか、まったくそこに触れずに一からはじめるのか、婚活マエストロの腕前を見せてほしい。

俺が勝手に妄想しているうちに、俺の正面の席には鏡原さんじゃない女性が座っていた。黒いワンピースを着た、おとなしそうな細身の女性だ。

「本日出席されたのは男性36名、女性31名の計67名でした。女性席の方には5名、スタッフが入らせていただきます。皆さまの名札のひもは赤と青ですが、黄色はスタッフです。女性側の席ですが、男性スタッフもおりますことをお詫びいたします。自己紹介や世間話の練習としてお使いいただいてもいいですし、なにも話さなくても構いません」

黄色いひもの名札をつけたスタッフが手を上げて存在をアピールしている。ドリーム・ハピネス・プランニングに慣れた者としては、穴埋め用のスタッフが5人いるのがすごいと思ってしまう。

「お待たせしました。準備が整ったようです。まずはプロフィールカードを交換して、お話をはじめてください。1分半経ったらベルが鳴りますので、外側にいる男性の皆様が右側にひとつずれてください。それではいきますよ。よーい、スタート」

「よろしくお願いします」

　俺がプロフィールカードを差し出すと、正面の女性は「あっ、はい」と慌てた様子で自分のカードと交換した。名前はしおり、年齢は30歳。番号は58番だ。

　しおりは俺のプロフィールカードに目を落としたまま何も言わない。あれ、いつもこういうときってどうしてたんだっけ。なんだか急に不安になってくる。

「えっと、しおりさんは海外ドラマを見るのが好きなんですね」

　前にも海外ドラマ好きの女性に出会ったことがある。海外ドラマが流行っているのか、あるいは趣味の欄に書きやすいだけか。

「あの、『ミラクル・ヒューストン』は僕も見てました」

　しおりは黙って首を傾げる。これは明らかに不発だ。

「わたしは『魂《たましい》のとき』のシーズン2が好きで……」

　挙げられたのは知らないドラマで、ごめんなさいと頭を下げたくなる。好きなタイプの欄には「話が合う人」と書かれていて、すでにゲームオーバー確定だ。

「行きたいデートスポット、水族館っていいですね。どんな生き物が好きなんですか？」

「クラゲとか……」

　しおりはおそらく緊張しているだけだと思うが、どうも俺の進行が悪いような気がしてくる。

　しかしあっという間に１分半が過ぎ、ベルが鳴った。

「１分半が経ちました。女性はそのままで、男性が右の席に移ってください。プロフィールカードを返却するのをお忘れなく」

俺は笑顔を作って「ありがとうございました」とプロフィールカードをもとに戻した。自分のことでいっぱいいっぱいで隆平の様子をうかがう暇などなかったが、うまくやれただろうか。右の席にずれると、座面に隆平のぬくもりが残っている。

「よろしくお願いしまーす」

しおりとはうって変わって、ふくよかでにこやかな女性がプロフィールカードを差し出してきた。名前は美帆《みほ》、32歳。この人が最初なら隆平もやりやすかっただろうなと保護者のように安心する。

「Ｗｅｂライターって何するお仕事なんですか？」

「ホームページに載ってる文章を書く仕事です」

「へぇ～」

しおりよりも美帆のほうが好感が持てるとジャッジしてすぐ、ただ単に反応のいい相手を選んでいるだけではないのかという疑惑が生じてきた。

思えば婚活バスツアーで気に入ったＭＯＭＯも、反応が面白いなと思ったのがきっかけでどんどん惹かれていった。

好きなタイプには「健康な人」と書いているが、健康で反応の悪い女性と、不健康で反応の良い女性だったら俺はどっちを選ぶだろう。いや、やっぱり不健康な女性は嫌だな。

自分のタイプについて考えているうちにも順番は進み、視界の右端に鏡原さんをとらえた。こんなドキドキは中学校の林間学校のオクラホマミキサー以来ではないか。

そろそろ俺の存在に気付いただろうか。いや、まだ気付いていないかもしれない。目の前にいる沙弥香《さやか》と話をしながらほんのちょっと鏡原さんのほうを見て、ちゃんと笑顔で話をするんだなって当たり前のことを思う。

「……ますか？」

まずい。質問を聞き逃してしまった。

「すみません、もう一度お願いできますか」

「料理ってされますか？」

沙弥香はドラッグストアに勤める28歳で、お菓子づくりが趣味だという。最近はマカロンづくりにチャレンジしているとかなんとか。

「普段は全然しないですね。ごはんにふりかけで済ませたりして。カレーなんかはたまに食べたくなって作ります」

「じゃがいもって入れます？」

沙弥香が首を傾げて尋ねる。

「普通に入れます。箱に書いてあるとおりに作ったことしかなくて」

「それも全然いいと思います」

沙弥香は笑顔で応じてくれたが、たぶん入れない人が好きなんだろうと見当がつく。

「ちなみに沙弥香さんは何を入れるんですか？」

俺のほうも感じが悪くならないようパスを出す。

「なすとかさつまいもとかですね。あと、ほうれん草やきのこを入れるのも好きです。カレーは何にでも合うんで、思いつくままに入れるといいですよ」

押し付けがましくない、いい反応である。

しかしこれでは反応ジャッジマンになってしまっていてよくない。さっきからぼんやりしているのは鏡原さんの番が近付いているだけでなく、話し相手が多すぎるせいだ。これまでは10人未満の女性と話すだけでよかったから、10人を超えたあたりで記憶があやふやになってきた。

そんな慢心《まんしん》していた俺の目に、47の数字が飛び込んできた。これこそまさに当選番号、いや、AI相性診断による相性の良い女性だ。

「あっ、32番さん」

その反応から、相手の診断結果にも俺の番号が書いてあったのだとわかる。

「僕のほうにも47番って書いてありました」

AIのお墨付きともなると期待が高まる。渡されたカードによると名前は「きほ」で、年齢は31歳。ショートカットでほっそりしている。

「趣味は寝ること……ですか」

きほは俺のカードを見て明らかにトーンダウンしている。いや、実際そうだよな。渡されたカードには趣味はショッピング、好きなタイプは面白い人と書かれている。いくらAIにすすめられても、俺のような40歳は願い下げだろう。

「ショッピングってどんなところに行くんですか？」

「普段はこのあたりですけど、ときどき御殿場《ごてんば》のアウトレットまで友だちとドライブします」

　ＭＯＭＯの顔が脳裏に浮かんだ。俺は本来こういう女性と惹かれ合うタイプなのに、それ相応の成長ができなかったのではないか。それってだいぶ悲しいな。

　ＡＩ相性診断には触れないまま、きほのターンが終わった。

「皆さまお疲れ様でございます。半分が終わりましたので、10分間の小休憩を取りたいと思います。お手洗いに行きたい方は行ってくださいね」

　安藤さんの声に、ほっと一息つく。

「いやぁ、結構疲れるもんやねぇ」

　隆平が隣の席から話しかけてきた。

「たしかに、ずっと話し続けるのもお互い疲れますよね」

「むしろ、男子とも喋りたいなぁ。だって社会人になると友だちできへんやん」

　それはたしかにそのとおりだが、婚活パーティーである以上いかんともしがたい。

「せっかくやし、ＬＩＮＥ交換しよ。男同士やったら問題ないやろ」

　なんだかよくわからないまま、俺と隆平はＬＩＮＥの連絡先を交換した。友だちリストの「鏡原」の上に「山本《やまもと》隆平」が加わる。

　そこへ新しいメッセージが届き、スマホが震える。隆平からのメッセージかと思いきや鏡原さんからだった。

〝そんなにチラチラ見なくても気付いてます。目の前のお相手に集中なさってください〟

図星すぎて顔が熱くなってきた。続いて隆平から「よろしく」と書かれたマッチョなサンリオキャラクターみたいなシュールなスタンプが届いて、震える指で適当なスタンプを選んで返す。

鏡原さんに挙動がバレていたことが恥ずかしすぎるが、もう開き直るしかない。休憩が終わり、3人と話したところでいよいよ隆平が鏡原さんの前に座る。

右隣から隆平と鏡原さんの声が漏れ聞こえてくるが、俺がいま話すべき相手は目の前の「AKI」である。耳にミニサイズの源氏パイみたいなイヤリングをつけていて、うなずくたびにゆらゆら揺れる。

ベルが鳴り、俺は冷静な顔を作って鏡原さんの前に移動した。いち早く名札の番号に目をやると、そこには「60」と書かれている。

当たりだった。

「AI相性診断、60番でした」

「わぁ、それは期待できますね。よろしくお願いします」

テンションが上がって真っ先に報告したのに、鏡原さんは営業スマイルでプロフィールカードを差し出してきた。馴れ合いモードを拒否する構えらしい。俺も調子を合わせて「よろしくお願いします」とプロフィールカードを交換する。

カードに目を落とし、名前が「かがみん」の時点で俺はもう大声をあげたくなった。なんだろう、いつもと違う鏡原さんを見てしまった申し訳なさとか恥ずかしさとか、さらには恐怖も入り混じっている気がする。

それにしても字がうまい。国語の先生が書くみたいな字だ。おそるおそる好きなタイプに目をやると、「一緒にサイゼリヤに行ってくれるひと」と書かれていた。

「サイゼリヤ、お好きなんですか」

先手の質問が口からこぼれた。

「好きですね。チキンのサラダが特に」

「おひとりで行くんですか？」

「はい」

サイゼリヤのボックス席に一人で座り、オーダーシートに記入する鏡原さんの姿が思い浮かんだ。食べているところを想像してもいいはずなのに、なぜだろう。

「キッズメニューに載ってる間違い探し、難しいですよね」

「そうなんです。だれかと一緒なら、全部見つかるんじゃないかと思って」

こちらをまっすぐ見て言う鏡原さんに対して、はじめて「かわいい」と思ってしまった。決してこれまでの鏡原さんがかわいくなかったわけじゃなくて、かわいいと思う対象ではなかったのだ。

趣味の欄には「カラオケ」と書かれている。どんな曲を歌うのか質問しようとしたところへ、鏡原さんのほうから、

「子どもはほしいですか？」

とデカすぎる質問が飛んできた。かなり踏み込まれているが、結婚目的であることを考えたら

全然おかしくない。むしろこれまでの質問がヴェルパロッサのローストチキンぐらい小さかった。

「ほしいと思ったことがないです」

俺だって若い頃は「将来子どもができたら」と想像することはあったけれど、今のような半引きこもりの状態になってからは想像上の子どもすら生まれなくなった。

「私もです」

正解だったみたいで深く息をつく。

「かがみんさんはすぐにでも結婚したいですか」

つられて俺まで踏み込んだ質問をしてしまった。

「相手がいれば、いつでもしたいですね」

タイミングを見計らったかのように、時間を知らせるベルが鳴った。


パーティーを終えた俺と鏡原さんは、前にアリサから10万円を徴収したサイゼリヤで向かい合っている。

「お城の窓が1ミリぐらいずれてません？」

「いや、これは同じ位置にあります。立体視しても浮き出ないので」

鏡原さんはさっきまで下ろしていた髪をゴムでひとつにまとめて本気を出している。

「こっちの絵はひつじがいないせいで間隔がつかみづらいですね」

あのあとフリータイムで何人か別の女性と話してみたものの、どうしても鏡原さんに芽生えた新たな感情を抑えることができなかった。破れかぶれで鏡原さんの名前を書いて提出したら、どういうわけかカップル成立してしまったという流れだ。

隆平は同じ関西弁ユーザーのあゆみにアタックしたが、カップル成立しなかった。それでも「たくさんの人と話せて楽しかったわ〜。ほなまた」と晴れやかな笑顔で去っていった。

俺だって、まさか鏡原さんが俺の名前を書くとは思わなかった。鏡原さんから「サイゼリヤに行きましょう」と言われ、暗黙の了解で同じ電車に乗り、無言のままロングシートに並んで座って浜松まで戻ってきたのだった。

鏡原さんは惹かれ合う同士、似た匂いを持っていると話していた。こういう結果になったということは、俺に対して似た匂いを感じてくれたのだろうか。

――でも、もしそうだとしたら、いつから気付いてた？

鏡原さんのほうから種明かしをしてくれたらいいのに、間違い探しに夢中、あるいは夢中なふりをして俺と目を合わせてくれない。

「このまえ、３３００円のイタリアンを食べたんです」

俺が切り出すと、鏡原さんは一瞬だけ顔を上げて「いいですね」と相槌を打った。

「ローストチキンなんて二口分ぐらいしかなくて、味がわかんなかったです」

ミラノ風ドリアもペペロンチーノもマルゲリータも、食べる前からサイズも味も想像できるものばかり。だけど俺はそれを求めていて、うまいと思って食べている。

「わぁっ」

突然鏡原さんが大きな声を出した。

「このハート、こっちが一回り小さくないですか？」

鏡原さんの指さすハートを見比べてみると、わずかに大きさが違う気がする。ベージュに塗られた爪先を見たら、胸の奥から込み上げてくるものがあった。

「鏡原さんは、どうして婚活マエストロって呼ばれてるんですか？」

いま一番聞きたいのとは別の質問がこぼれた。鏡原さんはハートを指さしたまま俺の顔を見てうなずくと、これまでの軌跡《きせき》を語りはじめた。

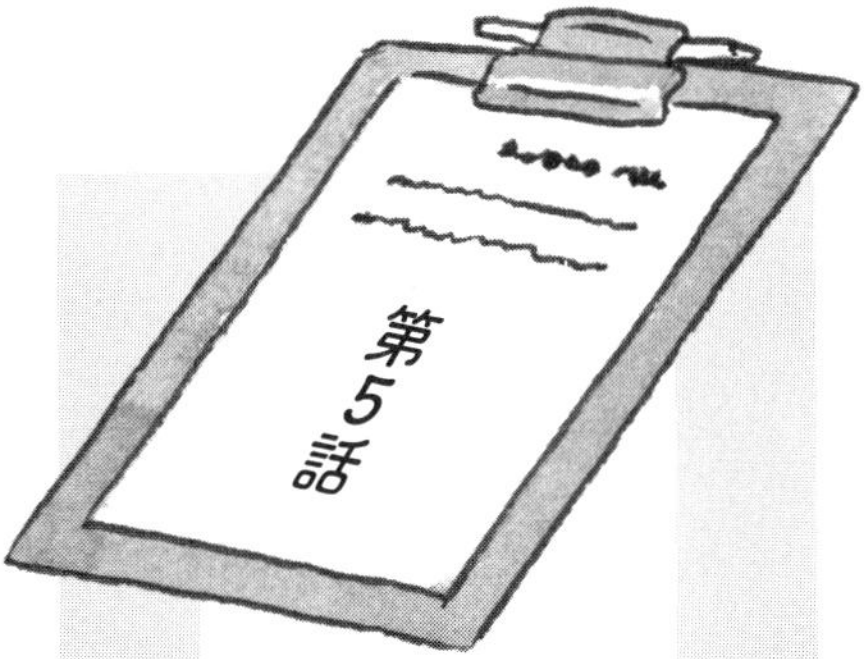

婚活運営者

日曜夜のサイゼリヤにはどことなく気だるさが漂っている。遊び疲れたカップルや、まだまだ話し足りなそうな女子グループ、赤ちゃんのいる家族連れ、そして、婚活パーティー帰りの俺たち。

俺はミラノ風ドリア、鏡原さんはチキンのサラダとタラコソースシシリー風を食べ、マルゲリータをシェアした。

「私が婚活マエストロって呼ばれてるらしいことは知ってます」

鏡原さんはそう言って、すでに10か所コンプリートした間違い探しをメニュー立てに片付けた。

婚活マエストロのルーツは、小学生時代にあるという。俺と鏡原さんは同い年だから、清水と浜松で離れていても同じ時期に小学校に通っていたことになる。

「私たちが小学生の頃って、恋愛が一番の娯楽じゃなかったですか？　少女マンガもテレビドラマも恋愛ばっかりだったから、教室でも誰が誰を好きとか、そんな話ばっかりしてましたよね」

「女子がそんな話をしているのは気づいてましたけど、なんせ俺はモテなかったので……」

自分がモテない側だと気づいたのはいつだっただろうか。たぶん高学年の頃にはそういうものだと悟《さと》っていた。だからといっていじめられるほどのエッジもなく、ごく平凡な小学生として毎日を過ごしていた。

「私はそこまで興味がなかったんですが、あるとき、クラスメイトの誰が誰を好きか見抜いている自分に気付いたんです」

婚活パーティーのフリータイムで笑みを浮かべて立っている鏡原さんの姿が思い浮かぶ。

「中学に入ると、２つの小学校から生徒が集まってきて、それまでのコミュニティが更新されたんです。それで、この子はあの子のこと好きになりそうって感じると、本当にその通りになることが頻発しました」

俺は思わず声を出して笑ってしまった。

「むちゃくちゃ才能あるじゃないですか」

「そうかもしれません」

鏡原さんはうなずいて水を一口のんだ。俺も鏡原さんもドリンクバーを頼まない派で、そんなところも気が合うなと思ってしまった。

「そういえば、前にバスツアーで一緒になったあきなさんもそんな話をしてました。登校班で、鏡原さんが好きな子と並ぶようにしてくれたって」

「勝手におせっかいを焼いてたんです」

鏡原さんは照れたようにうなずく。

「そのうち、自分の嗅覚がアンテナになってることに気付いたんですね。どうやらほかの人が感じない匂いを私だけが感じるみたいで、言ってみたらイヌの嗅覚がすごいっていうのと同じ話です」

「前に焼肉屋でもそんな話をしてましたね」

俺はしみじみ感心していた。

「そういうのって誰かに話してたんですか？」

「一度、友達に話したら気味悪がられたので、外に出すのはやめました。あくまで、自分の中だけですね」

それはたしかにそうだろうなと思う。

「その後、恋愛心理についてちゃんと勉強したいなと思って、東京の大学で心理学を専攻しました。卒業してそのまま東京で就職したんですけど、身体を壊してしまって、30歳のときにこっちに戻ってきたんです」

俺がレンタルビデオ屋になって、レンタルビデオ屋がつぶれて在宅ライターになるまでの間、鏡原さんにも同じだけの時間が流れていたのだ。

「なんの仕事をしてたんですか？」

「大手企業のグループ会社の事務職です。人間関係がドロドロしていて……」

鏡原さんがため息をつく。

「あっ、私が嫌がらせを受けていたわけではありません。社内恋愛や不倫が横行していて、匂いがすごかったんです。それを嗅ぎ続けていたら、具合が悪くなってしまいました」

なんだかとても鏡原さんらしい話である。

「半年ぐらい実家でのんびりしてたんですけど、ハローワーク浜松でドリーム・ハピネス・プランニングの求人を見て、応募したら採用されました」

最後のほう急展開すぎないか。もっと紆余曲折《うよきよくせつ》があってこの仕事に就いたのかと思いきや、ハローワークで運命の出会いを果たしていたらしい。

「求人って、何が書いてあったんですか？」

「『婚活パーティーやその他イベントの運営・司会』です。未経験だけど面白そうだと思って、応募してみました」

俺もレンタルビデオ屋がつぶれたとき、未経験でも何かに応募してみたらよかったんだ。もう人生が終わった気すらしていたけれど、あのとき働きはじめていたら10年のキャリアができていた。一応在宅ライターのキャリアはあるのだけど、いまひとつパッとしない。俺の選べなかった可能性をつかめた鏡原さんがうらやましい。

「それから勤め続けてるんですね」

「はい。私一人で暮らしていくだけのお給料はもらってますし、それほど忙しくないので、まあまあ気に入ってます。それに、婚活パーティーって、エンタメとして楽しいじゃないですか。前にテレビでもやってましたよね」

「リアリティショーみたいなことですか？」

「はい。私は皆さんが書いてくれたカードを見て、神の視点で誰が誰を好きなのかわかるんです。私にとっては答え合わせですね」

こんな婚活パーティーが天職みたいな人間がハローワーク浜松で見つかるなんて、社長もびっくりしただろう。

「婚活パーティーがない日は何をしてるんですか?」

「広報業務とか、営業とか、いろいろです。うちの会社のイベントだけじゃなくて、近所のイベントの司会に派遣されることもあります」

「司会のやり方はどこかで習ったんですか?」

鏡原さんが首を横に振る。

「習ったことなくて、自己流です。自分がイベントに参加するときには司会者に注目しちゃいますね。今日の『お出会いをゲット』はなかなかのインパクトでした」

同じところに引っかかっていたなんて光栄だ。

「それで、どうして婚活マエストロって呼ばれるようになったんですか?」

俺が再び尋ねると、鏡原さんが「あぁ、そうでした」と話を続ける。

「ネットの掲示板に書かれてるみたいです。私はそういうの見ないようにしてるんですけど、社長が詳しくチェックしてて。浜松にドリーム・ハピネス・プランニングっていう会社があって、ホームページは怪しいけど成婚率がすごく高いって、半ば都市伝説みたいに語られはじめたらしいんです。そこには婚活のプロみたいな凄腕女性社員がいて、見込みのある人同士をくっつけてくれるとかなんとか。それをだれかが『婚活マエストロ』って名付けて、定着したみたいですね。正確に言えば女性はマエストロじゃなくてマエストラなのに、いいかげんなところもネットらしいと思います」

それって社長の自作自演じゃないか。あくまでクチコミで広まっているだけで、Ｗｅｂに浸透《しんとう》しているなんて思ってもみなかった。

「ちょっと見てみていいですか」

俺はスマホを手に取り、〝婚活マエストロ〟を検索する。引っかかったのは静岡県西部の婚活ってどうよスレで、今から６年前の２０１７年の書き込みに「婚活マエストロ」のキーワードが登場している。ドリーム・ハピネス・プランニングは「ドリハピ」と略されているようだ。

〝俺の同僚もドリハピの婚活パーティーで結婚したらしい〟程度の書き込みはまだわかるのだが、婚活マエストロの偉業については明らかに尾ひれがついている。〝一回のパーティーで20組成立〟〝帰りの電車の中でもカップルを成立させる〟〝全国の市町村で浜松市の結婚率だけが右肩上り〟といった、全盛期のイチロー伝説かと突っ込みたくなるような内容が並んでいた。

「そんなに面白いこと書いてます？」

無意識のうちにニヤニヤしてしまっていたらしく、鏡原さんが眉をひそめる。

「良い評判ばかりなので、大丈夫です」

「そうですか」

俺はテーブルにスマホを伏せて置く。

「社長って何者なんですか」

「あの人はもともと役者です」

「そうなんですか？」

今日一番びっくりしたかもしれない。鏡原さんの来歴は想像の域を出なかったが、社長が役者だったとは思いもしなかった。

でも言われてみればそんな気もしてくる。あのただならぬ雰囲気とか、シニア婚活の参加者を引き付ける魅力とか、髪が薄くなった今でも高いパフォーマンスを保っている。

「上京して劇団に入ったものの、はかばかしい結果が出せず、諦めてこっちに戻ってきたんです。そこで幼なじみだった女性と結婚して、いろいろと事業をやってみた結果、婚活事業に落ち着いたらしいです」

「その『いろいろ』が気になるんですが」

鏡原さんは眉間にしわを寄せてうなずいた。

「私も気になるんですけど、多くを語らないんですよ。会話の端々から察するに、司会業とか、今でいうレンタル家族みたいなことをいち早くやってたらしいです。それでいろんな結婚式に出入りするうち、そのパイを増やすため婚活事業に乗り出したという経緯があるみたいで」

在宅ライターという主体性ゼロ、いや、マイナスともいえる仕事をしている俺には、事業に乗り出すってどういう気持ちなのかと思ってしまう。

「ちなみに今のドリーム・ハピネス・プランニングって、婚活事業以外に何かしてるんですか?」

「不動産業ですね。社長の事業がうまくいっていた時期があるらしくて、会社が入ってる雑居ビルと、アパート2棟を持っているんです」

「やり手じゃないですか」

社長がそんな成果を残していたとは意外だった。

「なんだか甘いものが食べたくなってきました」

鏡原さんは立てかけてあったメニューを引っ張り出した。

「猪名川さんも食べません？」

「食べましょうか」

俺が注文したのはイタリアンプリン２５０円。イタリア直輸入だからうまいとXでたびたび話題になるやつだ。いつもなら節約のため食べないでいた。

きっと、カップルになるってこういうことなんだろう。少し前に、婚活アプリで出会った沙織と、一人だったら絶対に行かないイタリアンの店に行った。だれかと一緒に行動することで、今まで手が伸びなかったところまで伸ばせる感覚がある。

「おまたせしました、イタリアンプリンのお客様」

運ばれてきたプリンの端を、スプーンですくって口にいれる。ほろ苦いカラメルソースが弾力のあるプリンにマッチしていて、想像したよりずっとうまい。

「プリン、久しぶりに食べました」

「私も、一人ではなかなか食べないですね」

鏡原さんはティラミスを口に入れる。

「子どもの頃、ティラミス流行りましたよね」

「ありました！　子どものときはココアパウダーが苦くて、大人はなんでこんなの食べるんだろうって思ってました」

いい反応が返ってきて、うれしくなる。同い年のピースがばちっとはまった感覚だ。

「これ、おいしいですよ。ひとくち食べます？」

鏡原さんがティラミスの皿をこっちに寄せてくれた。デザートをシェアするなんてそんな本物のカップルみたいなことしていいのか？　記憶の底から間接キスという言葉が浮かんできて、いやいやそんなの気にするの中学生レベルだろと自分に突っ込む。そう、鏡原さんは深い意味はなく俺とティラミスをシェアしようとしてくれているのだ。変に意識する俺のほうがおかしいわけで……。

俺がどぎまぎしていると、テーブルの上に置かれていた鏡原さんのスマホが震えはじめた。

「はい、鏡原です」

いったん落ち着くために水を飲む。氷はすっかり溶けていて、コップについた水滴で手が濡れる。

「えぇっ？　それは大変ですね」

鏡原さんの表情が曇った。

「はい。なにかお手伝いできることありますか？　今、浜松駅の近くにいるんです。……はい、はい。全然構いませんよ」

明らかに緊急事態を知らせる電話である。鏡原さんの差し出したティラミスを今食べるのは空気が読めない行動だろうか。いやしかし、このまま放っておくほうがもったいない。俺は混乱のうちに、ティラミスをスプーンですくって食べた。思った以上にココアパウダーが苦い。

「えっと、社長が倒れたそうです」

通話を終えた鏡原さんが深刻な表情で告げた。

「ええっ？」

あまりに衝撃の事態である。

「命に別状はないって言うんですけど、心配ですね。奥さんから買い物を頼まれたので、そこのマツキヨに寄って浜松総合病院に向かいます」

「従業員なのに？」

率直な疑問が口から出てしまった。社長が倒れたからって一番に電話をかける先が鏡原さんというのも変な話だ。

「あぁ、言われてみればそうですね。お子さんが遠くに住んでるから、私が頼られちゃってるみたいで。でも、私のほうから手伝えることがあるか聞いたので、押し付けられたわけじゃないですよ」

鏡原さんは残りのティラミスを一気にかきこんだ。一人で雑用をさせられる鏡原さんを思ったら気の毒になって、思わず「俺もついていきましょうか？」と提案していた。

「猪名川さんがいいなら」

鏡原さんは少しほっとしたように答える。俺だって荷物持ちぐらいはできるだろう。イタリアンプリンを吸い込むように食べきって、立ち上がった。

浜松総合病院はこのあたりで一番大きな病院だ。若い頃、包丁で指を切って血が止まらなくなり、一度だけ救急外来に来たことがある。縫うほどの傷ではなかったようで、テープで固定して帰された。

鏡原さんはスマホを耳に当てて会話しながら、夜間入口を入ってずんずん進んでいく。薄暗い廊下の向こうから、一人の女性が歩いてきた。

「鏡原さん、ごめんね」

「全然大丈夫です」

鏡原さんは女性にマツキヨの袋を手渡す。社長の妻という肩書きから勝手に上品な淑女《しゅくじょ》を想像していたが、親しみやすい雰囲気のおばちゃんだった。

「こちらは猪名川さんって言って、仕事を手伝ってくださっている方です」

「猪名川です」

仕事ができそうな雰囲気に見えるよう、しゃきっと礼をする。

「高野律子《りつこ》です。いつも主人がお世話になってます」

「社長の容態はいかがですか？」

鏡原さんが心配そうに尋ねる。

「いまは寝てるところ。先生が言うには、４年前と同じだって」

社長は心臓に持病があり、いつ発作が起こるかわからないのだという。大きな発作が出たら最悪の事態も考えられるそうだが、いつ死ぬかわからないのは俺たちだって同じだなとぼんやり思う。

「明日もパーティーがあるんでしょ？」

「そうなんです」

律子さんに言われて難しい顔をする鏡原さんを見たら、放っておけなかった。

「俺でよければ手伝いますよ」

鏡原さんは控えめな調子で「いいんですか？」と聞き返す。

「まぁ、空いてますし」

だって俺は暇だから。唯一にして最大の武器である。

「ごめんなさいね、よろしくお願いします」

律子さんが申し訳なさそうに頭を下げた。

会話を終えた鏡原さんと病院を出て、スマホを見ると23時になっていた。俺は駐輪場からチャリを出して押しながら、鏡原さんと並んで歩く。

「いつも猪名川さんには甘えてしまって、申し訳ないです」

夜空を見上げて鏡原さんが言う。

「いいんです。俺だって、人の役に立てるなら悪い気はしないので」

11月の冷たい空気の中を歩いていると、このままどこまで行くのだろうと心もとない気持ちになってくる。

「鏡原さんってどこに住んでるんですか？」

「ここから歩いて15分ぐらいのところです」

「暗くて危ないので、近くまで一緒にいきましょう」

ただもう少しチャリを押していたかっただけだ。鏡原さんも断る様子がないし、拒否されてはいないだろう。

「明日のパーティーはどこですか？」

「あぁ、すみません。どうしていいかぼんやりしていて。最初に来てもらったのと同じスポーツバーで、19時からです。あまり大きくないので私がほとんど仕切るってことでいいんですけど、不測の事態が起こったとき……あのときも、変な勧誘がありましたよね？　ああいうときに、社長に対応してもらうんです。そのほかにも、進行のお手伝いとか、いてくれるだけでとても助かります」

「わかりました」

思えば鏡原さんと出会ってまだ2か月も経っていない。サイゼリヤが好きなことだって、今日はじめて知ったのだ。

「社長が戻ってこなかったらどうするか、考えてたんです」

鏡原さんがぼそっと言うと、俺は後ろから殴《なぐ》られたような気分になった。鏡原さんにとって雇い主でありパートナーのような存在なのだから、心配するのは当然だ。俺はそのことに思い至らず、鏡原さんと二人きりでいることに浮かれている。

「社長には本当にお世話になっていて……。雑に接してしまうこともありますが、こういうことになるとやっぱり大事な存在だって感じます」

あれ、なんだか俺たちの間に社長が入ってきたみたいになっている。病気の社長に嫉妬《しっと》するなんて、不謹慎だろうか。

「私、今日、はじめて婚活パーティーに参加したんですよ」

「そうだったんですか？」

いや、よく考えてみれば俺も自発的に行ったのははじめてだ。今日パーティーに参加したことなんて昼寝で見た夢みたいで、俺と鏡原さんはＬＩＮＥで連絡を取り合ってサイゼリヤで会った気分になっていた。

「静岡駅まで行けば知ってる人はいないと思ったんですが……いましたね」

「鏡原さんはいつ俺に気付いたんですか？」

「フリータイムの序盤です。視線を感じたので」

めちゃくちゃ鏡原さんを意識していた自分を思い出して恥ずかしくなってきた。

「猪名川さんにならって、私も一度参加してみたほうがいいと思ったんです。だけど仕事のためだけじゃないですよ？　いい相手がいたらいいなって、本気の出会いを求めて挑んだんです」

あれ、これって告白されてる？　鏡原さんの表情はあまり変わらないけれど、真剣に挑んで俺を選んだってことは、そういうことなのだろうか。

「俺の名前を書いたのは、匂い、ですか？」

聞くなら今しかないと思って突っ込むと、鏡原さんは慌てた様子で両手を振った。

「自分の匂いはわからないんです。あの中で、名前を書くなら猪名川さんだって思ったから書きました」

俺は心臓のあたりに鋭い痛みをおぼえた。こんな感覚20年ぶりだ。

「俺もです」

「よかった」

鏡原さんが笑顔で俺を見上げる。俺にだって彼女がいたことはあって、相応の経験は済ませている。しかし大学時代のそれなんて、子ども時代の習い事ぐらい遠い過去だ。今さら鏡原さんとうまいことできるのかと想像してしまい、いやいやそれは違うだろうと頭をぶんぶん横に振る。

「あ、もう曲がってすぐなので、大丈夫です」

鏡原さんもただならぬ気配を感じたのか、右の道を指さして言った。

「それでは、明日は18時半ぐらいに会場に直接来てください。LINEで事前にパーティーの詳細をお送りします。わからないことがあればメッセージください」

お仕事モードに入っているようで、声のトーンがてきぱきしていた。今の鏡原さんにとって、俺は仕事相手に過ぎないらしい。寂しいけれど、今日はここまでだ。

「わかりました。また明日」

鏡原さんが手を振って去っていき、俺はチャリにまたがって自宅を目指した。気付けば体中が熱くなっていて、いつもなら秒で眠れる俺でもしばらく眠れなそうな気がした。

　翌日、田中宏がいつもどおりマンションの前を掃除していてホッとした。熱を出したときに健康体のありがたみを知るように、社長が倒れたことで田中宏のありがたみを感じたのだった。

「カラオケ婚活はどうでした？」

「うん、楽しかったよ。これからも月1回集まるんだ」

　それって婚活じゃなくて単なるサークルじゃないかと思ったけれど、楽しめているならなによりである。社長が倒れたことを話そうか迷ったけれど、必要以上に心配されそうなのでやめておいた。

「ケンちゃんこそ、婚活してるんでしょ？　きのう背広着て出ていくの見たよ」

　田中宏が楽しそうに尋ねる。俺の頭に浮かんだのは、チャリを押して鏡原さんと歩いた夜道だ。女性と二人で歩くのだって、バスツアーを除いたら20年ぶりだった。

「どうだった？　お持ち帰りできた？」

「そういうんじゃないですよ」

　苦々しく否定したものの、あのまま誘い誘われる展開もあったのだろうか。もうちょっと頑張ってみたらワンチャンいけた？　でも、社長が倒れて動揺している鏡原さんの弱みに付け込むようなことはしてはいけない。あぁでもやっぱり自分の気持ちに忠実になるべきだったか。脳内が一人反省会になっている。

「まぁまぁ、またチャンスはあるよ」

田中宏は俺が失敗したと受け取ったようで、慰めモードに入った。そうだ、まだチャンスはある。今日も鏡原さんに会えることが、俺の気持ちを支えている。

ローソンで買い物をして家に帰ると、ちょうど鏡原さんからLINEでメッセージが届いた。今夜の婚活パーティーの進行表や申込状況など、社外秘の資料である。

今回のパーティーも俺が参加したときと同様、25歳から45歳までならだれでもOKのパーティーだ。現在のところ参加希望者は男性8人、女性7人。リピーターには名簿にRの印がついていて、3人ぐらいいた。

進行表には時候の挨拶がすでに書き込まれていて、分単位で声掛けのタイミングが刻まれている。

〝ありがとうございます。社長はその後、どうですか〟

俺がメッセージを送ると、鏡原さんから〝悪くはなっていないようですが、2週間は入院が必要だそうです〟と簡潔な返事がきた。

たとえば社長が引退するとして、ドリーム・ハピネス・プランニングはどうなるのだろう。鏡原さんが継承するのも十分考えられる話だ。もうひとりスタッフが必要となれば、俺が正式に入社する未来もあるのだろうか。

未来。

俺がずっと目を背けてきたものだ。たとえば10年後の俺は50歳。なんだかもうわけがわからないところまできている感じがする。30歳から40歳まであっという間だったように、きっと50歳になってもあっという間だったって言うだろう。

だいたいレジデンス田中だって、存続しているかどうかわからない。田中宏だっていつまで元気でいてくれるだろう。

足元がぐらぐら崩れていくような感覚をおぼえる。仮に就職して、鏡原さんと結婚したとして……と想像したところで恥ずかしくなってきた。婚活パーティーで一度カップル成立しただけで彼氏面しちゃいけない。

俺は冷凍庫に入っているごはんを温めると、ローソンで買ってきたチーズハンバーグとポテトサラダをのせて食べた。


頼まれていた各証券会社の新ＮＩＳＡ制度キャンペーンまとめ（２０２３年12月最新）の記事を納品して、出発する時間になった。

今まではひとつの記事を納品したら達成感でぐうぐう寝ていたものだが、次の予定があるなんて急激に忙しくなったように感じる。ネクタイだって何度か締めているうちにうまくなってきた。

会場に着くと、鏡原さんがすでに受付に立っていた。パンツスーツに髪をひとまとめにした仕事モードだ。きのう妄想したことを思い出してしまって、一人で照れる。

「お疲れさまです」

鏡原さんは俺を認めるとうやうやしく頭を下げる。

「来てくださってありがとうございます」

会場となる部屋をのぞいてみると、すでに机と椅子が並んでいた。早く来たらしい女性の参加者が一人、すでに座ってプロフィールカードを書いている。俺も一瞬「プロフィールカード何書こう」と思ってしまったが、今日は参加者ではないのだった。

「猪名川さんの名札もご用意しました」

鏡原さんが差し出した名札には「ＳＴＡＦＦ　猪名川健人」と書かれている。俺はその名札を受け取り、首からさげた。

「混んできたら、私が身分証明書との照合をするので、猪名川さんには必要なものをお渡しして誘導する役をお願いできますか」

「わかりました」

シニア婚活パーティーは取材のために参加したらいつのまにかスタッフになっていたパターンだが、今回は最初からスタッフとして参加することになる。不測の事態が起きなければ鏡原さんに任せておけばいいし、気楽なものだ。

「きのうは、ありがとうございました」

鏡原さんが正面を見たまま言う。

「こちらこそ」

「たぶん、猪名川さんがいなかったらもっと取り乱してたと思うんです」

俺は目をぎゅっとつぶった。鏡原さんにとって、きのうは社長が倒れた日なんだ。俺は鏡原さんとの初デートぐらいに思っていたのだが、どうもそうではないらしい。なにか言葉を返すべきか迷っていたところへ、ひとりの女性が入ってきた。

「ようこそお越しくださいました。お名前教えていただけますか」

色白で痩《や》せ型、長い髪の毛をひとつに束ねている。Gジャンに、同じ生地のスカートをはいており、ただ者ではない雰囲気だ。

「い、池、池田《いけだ》と申します。どうぞ、どうぞ、よろしくお願いつかまつります」

明らかに挙動不審だ。財布から身分証明書を取り出そうとして中身を全部床にぶちまけ、おいおい大丈夫かと心配になる。

「すみません、こういうのはじめてで、緊張しております」

「大丈夫ですよ。そうですよね、緊張しますよね」

鏡原さんも受付テーブルから前に出てきて、池田さんの財布の中身を拾い集める。

「わたしみたいな人間でも大丈夫ですか？」

「もちろんです」

鏡原さんは迷いのない笑顔で対応する。

「マイナンバーカード、確認させていただきますね」

きょろきょろしている池田さんと、目が合ってしまった。

「そ、そちらの殿方はなにものでいらっしゃる？」

「スタッフの猪名川です。よろしければ池田様のサポートにつかせていただきます」

俺も鏡原さんに合わせて笑みを浮かべてみたものの、それはつまり不測の事態ということか。

「それはかたじけない」

池田さんは鏡原さんと俺に向かってぺこぺこ頭を下げる。

「猪名川さん、ご案内お願いします」

鏡原さんは自然な様子で俺に池田さん用の名札とプロフィールカードを手渡してきた。

「それでは池田様、こちらへどうぞ」

俺も極力自然に見えるよう、池田さんを会場へと導く。最初に参加した婚活パーティーとまったく同じように正方形のテーブルが4つ、椅子が4脚ずつ並んでいる。

「こちらにご着席ください」

なんだか俺まで緊張してきた。言葉がちゃんと通じるのかすら不安だったけれど、池田さんは指示通り着席してくれる。

「きょうはこちらの名札をつけてください」

池田さんは「3」と書かれた名札を首からさげた。

「次に、こちらのプロフィールカードにご自身の情報をお書きいただけますか」

「はいっ！」

小学生のように元気よく返事した池田さんは、机に置いてあったペンを手に取り、名前の欄に「池田さつき」と書きこんだ。やっぱり初心者は本名フルネームを書くよなと共感をおぼえる。

生年月日は１９８８年４月22日。５月じゃないんかいと心の中で突っ込む。

「趣味、というのは何を書いたらよろしいのでしょうか」

うーん、やっぱり鬼門である。人に堂々と宣言できるような趣味を持っている層は一握りだし、たぶんそんなやつは婚活パーティーなんか来なくても相手を見つけている。うすぼんやりした好きなことはあっても、趣味の看板を背負わせていいのか迷ってしまうことは誰にだってあるだろう。

「池田様は何がお好きですか？」

「昔からマンガを読むことを好んできたのであるが、書いていいものかどうか」

さっきから言葉遣いが妙に独特だが、丁寧に言おうとして変な感じになっているのか、普段からこんな感じなのか、判別がつかない。

「いいじゃないですか。『マンガを読むこと』と書いて、特に好きなマンガのタイトルを書いたら好きな人に引っかかるかもしれません」

「なるほど」

俺も無料で読めるマンガのまとめ記事や、おすすめマンガ20選といった口コミランキングを書くので、なんとなく流行は追っているつもりだ。池田さんがどんなタイトルを書くのか注目していると、『こち亀《かめ》』を一番に書いたのでずっこけそうになった。

「こち亀お好きなんですね」

「はい、こち亀を超えるマンガにはまだ出会っていないのです」

こち亀こと『こちら葛飾《かつしか》区亀有《かめあり》公園前派出所』は２０１６年に２００巻で完結した、少年マンガ界の金字塔である。そりゃ面白いのは知っているけれど、基本的には男が好んで読むもので、年下の女子が一番に挙げるとは思ってもみなかった。

池田さんはこち亀に続けて『コーヒーあたためますか』と『宵《よい》のコラーゲン』という、見るからにマニアックなタイトルを並べた。

「あとのふたつは知らないんですけど、どんなマンガなんですか?」

「『コーヒーあたためますか』は、コンビニ店員をしている主婦が、客のマッチョな男性と不倫関係になるお話であります」

どんなマンガだ。こち亀との落差がすごすぎて、あとで絶対に検索したい。

「あぁっ、しかし婚活パーティーで不倫の話をするのは縁起が悪いでしょうか」

「フィクションですし、そこまで気にされることはないと思いますよ」

俺がフォローすると、池田さんは突然両手で顔を覆った。

「わたしだって本来はこんなところに来たくなかったのです」

泣き声で訴えられて、俺はうろたえる。

「ふぇぇぇん」

独特すぎてどこまで本気かわからないけれど、泣いていることは間違いなさそうだ。俺は思わず池田さんの背中に手を置き、しかしこれはセクハラにあたるのではないかとあわてて手を離す。視線を上げると、参加者の男の一人と目が合った。そりゃ泣いてる参加者がいたら見ちゃうよな。

「池田さん、いったん外に出ましょうか」

俺がうながすと、池田さんは素直に立ち上がってついてきた。

「ちょっと出てきます」

受付の鏡原さんは接客中だったが、俺と傍らの池田さんを見て、すべてを察したかのようにうなずく。

スポーツバーを出るとひんやり涼しくて、仕事帰りの大人たちが歩道を行き交っていた。店の前で立ち止まると邪魔になりそうなので、２軒となりのシャッターが閉まった店を背にして並ぶ。

「俺……僕でよければ話を聞きます」

「わたしは、親から結婚するようしつこく言われておるのです」

池田さんはまっすぐ前を見たまま言った。

「なるほど」

これまで参加してきた婚活イベントでも「親に言われて」と話していた人はいたが、ここまで深刻そうではなかった。いや、表に出さないだけで、深刻な事情がある人はほかにもいたのかもしれない。

「高校を出てから工場で働きつつ実家に住んでおるのですが、親も高齢になってきたので、マンガばっかり読んでないで結婚しなさいと言われまして」

しかしここでひとつ大きな疑問が浮かび上がる。

「婚活っていろいろあると思うんですけど、どうしてドリーム・ハピネス・プランニングの婚活パーティーに？」

「父がネットで探して、勝手に申し込んだのです」

どうもシニア世代のアンテナに引っかかるらしい。俺もこちら側のスタッフとして稼働している手前悪くは言えないが、ほかにも良さげなパーティーがあるだろうと思ってしまう。

「これまで殿方と付き合ったこともないのに、今さら何ができるというのでしょう」

池田さんは空を見上げて吐き出すように言う。鏡原さんだったらこんなときどう慰《なぐさ》めるんだろう。俺も池田さん側の人間で、気の利いたことなど言えそうにない。

「俺も同じようなこと思ってます」

「と、いうのは？」

俺を見上げる池田さんの目はすでに泣いていなかった。

「実は俺も独身で、40歳の今まで結婚しようと思ったことがなかったんです。でも、婚活の仕事に関わるようになって、うっすら結婚を意識したときに、今さらうまくいくのかなって思いはじめて」

「そうであらせられましたか」

池田さんが深い共感を示していることが伝わって、俺は思わず笑ってしまう。

「緊張しててもいいんです。今日は婚活パーティーという非日常の場であって、もう二度と会わない人がほとんどです。そんな人たちと、会話を楽しむつもりで参加してみてはどうでしょう」

「会話を楽しむ……？」

「そうです。プロフィールカードを見て、少しでも気になるところがあれば突っ込んで聞いたらいいんです。結婚につなげるためじゃなくて、コミュニケーションのためのカードだと思ってください。ちょっと話が弾んだら、あとのフリータイムでまたその人と話してみる。で、最終的にカップルになれるかどうかは運次第なので、成立しなくても気にしなくてＯＫです」

自分の経験をもとにしたら、すらすらと言葉が出てきた。

「しかし、ここ数年、家族以外とほとんど話したことがないためうまく話せる自信がございません」

俺だって田中宏以外とまともに会話していないような毎日だったが、なんとかなっていた。池田さんだって俺と会話できているのだし、たぶん問題ないだろう。

「はじまってしまえばなんとかなりますよ。会話が弾まなかったら相手の男のせいだと思って、黙っておけばいいんです」

「ほう、それならなんとかなるかもしれませんね」

「それでは、戻りましょう」

池田さんを連れて会場に戻ると、すでに鏡原さんが説明をはじめていた。鏡原さんから送られてきた名簿は男性８人、女性７人だったが、実際来ているのは男性６人、女性６人である。

「まだ全部書けてませんが、大丈夫でありますか」

すでにみんなプロフィールカードを書き終えているようだったが、池田さんにプレッシャーを与えてはいけないので、小声で「全部埋めなくても大丈夫ですよ」と応じる。

「一対一の自己紹介タイムに入る前に、再度プロフィールカードを確認する時間を設けます。皆さまの好きなものが相手に伝わるよう、チェックしてみてください。私が回りますので、ご不明点はご相談ください」

鏡原さんが俺に目配せをした。このタイミングで書かせろという意味か。分単位の進行表を思い出すと胃が痛くなるが、鏡原さんのことだから時間調整もできるのだろう。

俺は池田さんがまだ埋めていない欄について質問してみる。

「どんな人と結婚したいですか」

「わたしがマンガを読んでいても干渉しない人でしょうか」

「それはいいですね」

ふと池田さんと一緒の部屋にいるところが思い浮かぶ。俺はいつもどおりパソコンのキーボードをカタカタしていて、池田さんがゴロゴロマンガを読んでいる。たしかにそういう関係だったら長続きするかもしれない。俺も次からそう書こうかな。

鏡原さんはほかの参加者に話しかけられて、プロフィールカードを指さしながらにこやかに応じている。

「あちらの女性が妻さんなのかと思っておりました」

池田さんの発言に、「うえっ？」と変な声が出る。

「鏡原さんと、俺が、夫婦に見えたってことですか？」

「はい。お二人、似てらっしゃる」

俺は顔が熱くなるのを感じた。鏡原さんが「惹かれ合う者同士は匂いが似ている」と言うように、池田さんも何かを感じ取っているのだろうか。

「そ、そんなふうに言われたのははじめてで、驚きました」

動揺している俺に対し、池田さんは特になんとも思っていないふうに「そうでしたか」とうなずく。前に行ったパーティーのＡＩ相性診断でも良い結果が出ていたし、やっぱり何らかの縁があるのでは……。

俺がひとりでドキドキしている隙にも、パーティーの時間は流れている。

「これより、一対一の自己紹介タイムに入ります。恐れ入りますが、女性の方から椅子を持ってお部屋の後方に移動してください」

「椅子というのはこの椅子でありますか？」

池田さんに聞かれて「はい」と答える。やっぱり自分で椅子を運ぶ制度はおかしいと思うものの、ドリーム・ハピネス・プランニングの伝統だからしかたない。

鏡原さんの誘導でみんな椅子を運び終え、男女６人ずつが番号順に向かい合う形で初期配置が完了した。

入ってきたときには明らかに挙動不審だった池田さんだが、場の雰囲気に慣れたのか、それとも俺が池田さんに慣れたのか、ほかの女性と比べて特段怪しいようには見えない。上下デニム生地というファッションセンスをもう少し良くすると見栄えがすると思うのだが、俺みたいなセンス皆無なやつが言える立場じゃない。

「それではこれよりトークタイムをはじめます。一人につき5分間ですので、存分に自己紹介してくださいね。よーい、スタート」

シニア婚活の取材のとき松田昭二に肩入れしたように、きょうはどうしても池田さんに肩入れして見てしまう。最初のお相手である男性の３番さんはあまりマンガなど読まなそうな茶髪の男でちょっと心配になるが、見た目から中身はわからない。池田さんも口を開いてなにかしゃべっているようだったので、ほっとする。

「お疲れさまです」

鏡原さんから突然小声で話しかけられてびくっとなってしまった。池田さんの動向に注目しすぎていて、鏡原さんが近寄ってきたことに気付かなかったのだ。

「すみません、驚かせてしまって」

「いえ、大丈夫です」

俺は背筋を伸ばして口角を上げ、参加者たちを見守るような視線を心がける。

「きょうの猪名川さん、様になってます」

「ほんとですか」

「以前も思ったのですが、あのような不慣れなお客様への対応、お上手ですね」

鏡原さんに褒められた。心の中ではガッツポーズしているのに、口では「たまたまです」と謙《けん》遜《そん》してしまう。

しかしなんだろう、さっき池田さんと話していたときと違って、鏡原さんと並ぶと緊張する。鏡原さんのいる右側だけ、ぴりぴりするような感覚だ。別に鏡原さんが威圧感を出しているわけではなくて、俺が意識しすぎているのだろう。もっといろんな話ができたらいいのだけど、スタッフがぺちゃくちゃ喋っていては印象が悪い。

鏡原さんはスマホのストップウォッチ機能を使っていた。時折ながめて経過時間を確認している。

「タイマー機能じゃないんですね」

思ったことを小さい声で伝えると、鏡原さんは俺の方を見上げた。

「タイマーだと、時間が減っていくのが怖くないですか？」

時間が減っていくなんて、今まで考えたこともなかった。だいたいタイマーとストップウォッチでは役割が違うではないか。

ストップウォッチが４分になったところで鏡原さんが「あと１分です」と伝える。これだって、タイマーだったら残り１分と表示されるところだ。

「タイマーのほうがわかりやすいのにって思ってますよね」

鏡原さんが小声で言う。

「時間が溜まっていくのがいいんです。タイマーだと０になってしまうけど、ストップウォッチなら５になるじゃないですか。結婚するかもしれない二人の、最初の５分間なんです」

俺は息を呑んだ。婚活マエストロが指揮する最初の５分間に、たったいま居合わせている。タイマーじゃなくストップウォッチを使うのは、鏡原さんの祈りだ。これからも永遠に、二人の時間が続いていくようにと。

ほどなくしてスマホ画面のストップウォッチは5分を知らせた。

「5分経過しましたので、男性は右の席に移ってください。一番右側にいた6番さんは、1番の席までご移動をお願いします」

なんとなく池田さんに視線を向けていたら、あっちも顔を上げて俺の目を見た。反射的に親指を上げて「いいね」のポーズをすると、池田さんが笑顔を見せてくれた。

「それではこれから5分間計りますね。よーい、スタート」

鏡原さんが開始ボタンをタップすると、ストップウォッチの下2桁があわただしくカウントをはじめる。これが最初の5分間だと思うと、俺まで背筋が伸びる。

参加者たちは「お願いします」と頭を下げ、プロフィールカードを交換しはじめた。鏡原さんは何度もこの状況を繰り返してきたに違いない。

「私、特定の人に肩入れしちゃいけないものだと思ってたんです」

トーンを下げた小さい声で鏡原さんが言う。俺に対するダメ出しかと身構えるが、どうやらそうではなさそうだ。

「猪名川さんを見て、そういうやり方もアリなのかもしれないって思いました」

俺のやり方が鏡原さんに感銘を与えているなんて信じられない。もしかして、俺を褒めて何かを巻き上げようとしている？　そんな疑惑を持ってしまうぐらい、褒められ慣れていない。

一対一のトークタイムが終わると、印象カードを書く時間に移る。

「皆さま、お疲れ様でした。気になるお相手は見つかりましたでしょうか。もし、この方と特にお話ししたいという方がいらっしゃったら、テーブルの上に用意しました『印象カード』をご記入ください」

鏡原さんの流暢な説明を聞きながら、なにげなくスマホを開く。現在時刻と進行表の予定時刻を見比べると、３分押していた。これは池田さんのためにプロフィールカードを書く時間を設けたためだろう。あれはむしろ５分以上あったはずで、３分遅れに修正してきたのは鏡原さんの調整能力にほかならない。

「猪名川さんすみません、麦茶出すの手伝ってもらっていいですか」

鏡原さんに呼ばれてバックヤードに入ると、飲食店らしくキッチンになっている。

「このお店のオーナーも実は社長だったりするんですか」

「あぁ、それは違いますね。社長とこのお店のオーナーが旧知の仲らしくて、私が入社した頃からメイン会場として使われてました」

そう言って鏡原さんは冷蔵庫から麦茶を取り出した。ペットボトルではなく、実家で作るような水と麦茶パックの入ったプラスチックのピッチャーである。お盆に並べられたグラスに、鏡原さんが慣れた手つきで麦茶を注いでいく。

「こちら、お願いします」

お盆を持って出ていくと、みんな難しい顔で印象カードに向き合っている。この中に結婚するカップルがいたら、「あのときの麦茶、変だったよね」と話題になるだろうか。それともすぐに忘れ去られるだろうか。

俺は奥の席から慎重に麦茶を配っていく。池田さんにも黙って麦茶を置いて立ち去ろうとしたが、「すみませんっ」と話しかけてきた。

「皆さま素晴らしい方ばかりで選べないのですが」

その質問から池田さんがぞんざいな扱いを受けなかったことがわかって、うれしくなる。

「それなら全員の番号を書くといいです」

俺が言うと、池田さんは「わかりましたっ」と元気よく返事する。残りの麦茶を配りながら、以前の俺なら「無理して書かなくていいです」って言っただろうなと思った。


回収した印象カードはたしかに興味深かった。池田さんは素直に1から6までの数字を書き、ちゃんとそれぞれの印象を述べている。一方、男性側で池田さんの3番を書いた人はゼロ。というか、男性側は3人が無記入だった。自分のことを棚に上げて、もっとやる気出せよと言いたくなる。

鏡原さんは真剣な顔でカードを見て、クリップボードに挟んだ紙に赤ペンで「1 - 4」「1 - 5」「2 - 2」と競馬予想のように書きつけている。

「どれが本命ですか?」

「どれも本命です」

鏡原さんがクリップボードから視線を外さずに強い口調で答えた。どうやら余計なことを聞いてしまったようだ。

「猪名川さん、引き続き女性３番さんのサポートをお願いしてもいいですか？」

「はい。でも、どうすれば……？」

「印象カードには書かれてなかったんですけど、男性６番さんがいいと思います。でも、無理にくっつけなくてもいいですよ。あくまで、空いてたらうながす感じで」

鏡原さんが俺の目を見た。

「猪名川さんなら、できます」

どう考えても鏡原さんはもっと大きな企業で人材育成をしたほうがいい。俺なんて何もできない三文ライターだと思っていたけれど、ドリーム・ハピネス・プランニングに関わってから少しは人の役に立てるような気がしてきている。浜松市の理想の上司ランキングがあれば、鏡原奈緒子の名がトップに輝くだろう。

鏡原さんはマイクを持って会場前方に進み出て、印象カードの結果とフリータイムの開始を告げた。印象カードでペアになった同士はそれぞれ話をはじめているが、特に指名を受けなかった者同士は出方をうかがっている。

男性６番さんは鏡原さんが推薦するだけあって、人の良さそうな雰囲気だ。俺はきょろきょろしている池田さんに近寄った。

「あちらにいきましょう」

俺が話しかけると、池田さんはほっとした表情を見せる。男性６番さんまであと二歩、というところで別の女性が男性６番さんに話しかけてしまった。そうだよな、そんなにうまくいくはずないよな。

まわりの様子を見ると、あぶれているのは男性2番さんだった。

「2番さん、3番さんとお話ししませんか？」

俺が呼びかけると、2番さんは明らかに戸惑いの色を見せた。きっと池田さんと合わなかったのだろう。気まずい空気に固まっていると、池田さんが俺の手首に触れて「3人でお話しするのはいかがでございましょう？」と提案した。

「そうですね、どうしてこういう仕事をされてるんですか？」

2番さんが俺に対して食いついてきた。

「えっと、今日は、助っ人として……」

思わず本当のことを言ってしまったが、昔から社員ですみたいなハッタリを利かせたほうがよかっただろうか。

「そうでございますか？　とても慣れていらっしゃるように思いましたが」

池田さんが驚いたように言った。

「ぶっちゃけ、成婚率ってどうなんですか」

「あぁ、その、我々は出会いの場の提供を行っておりまして、追跡はしていないのですが、時折結婚報告をいただいております」

鏡原さんになりきったつもりでそれらしいことを並べる。

「2番さんこそ、どうしてこのパーティーにお越しくださったんですか？」

「もうすぐ40歳になるので、婚活らしいことをしたほうがいいかと思って、近所のイベントを探してたんです。そしたら、この会社のホームページが怪しすぎて、逆に行ってみようって思いました」

「たしかに、あのホームページは目を引きますよね」

俺たち世代にとって、ドリーム・ハピネス・プランニングのＨＴＭＬページは郷愁をかきたてるらしい。

「池田さん……いや、３番さん。婚活イベントは初めてとおっしゃっていましたが、いかがでしたか」

「わたしなんかが男性とお話しできるのか不安だったのですが、できました」

「それはよかったです」

顔を上げて鏡原さんのほうを見ると、視線で何かを合図している。その指し示す方を見てみると、ちょうど男性６番さんが会話を終えたところだった。

「ありがとうございました。３番さん、次はあちらに行きましょう」

池田さんを鏡原さんおすすめの６番さんに引き合わせる。さっき２番さんが見せたような戸惑いはなく、笑顔で池田さんを受け入れてくれた。

「タイミングとか、難しいですね」

鏡原さんに近寄って小声で話しかけると、「そうですね」とうなずく。

「タイミングが合う、というのも出会いの要素のひとつかもしれませんね」

鏡原さんがちらっと見たスマホの画面には、ストップウォッチが表示されている。フリータイムは20分。このパッケージの中でタイミングが合って、話が弾んだ同士が「出会い」を得てカップルになる。

「会社に結婚報告が届くと、社長がすごく喜ぶんです」

鏡原さんがつぶやくように言う。

「たぶん結婚報告してくださるお客様なんてごく一部なんですけど、それでも年に数件は届くので、悪い数字ではない気がしています」

さっきの成婚率の話を聞かれていたのかもしれない。

「鏡原さんもうれしいんじゃないですか？」

「あぁ、私ももちろんうれしいです」

鏡原さんは慌てた様子で笑顔をつくった。

フリータイム終了後に書かれたカップリングカードには印象カードとは違った重みがあった。男性6枚、女性6枚、それぞれの紙にそれぞれの思いが載っている。第3希望まで埋めている人もいれば、第1希望のみ書いている人もいた。

それらを考慮したうえで成立したカップルは3組で、いずれも鏡原さんのクリップボードに書かれていた。

「すごい、的中じゃないですか」

「いや、外れてるのもありますし、たいしたことないです」

池田さんと男性6番さん、すなわち「6－3」は成立しなかった。池田さんは第1希望に「6」を書いていて、男性6番さんも第3希望に「3」を書いていたのだけど、男性6番さんと女性4番さんが第1希望にお互いの番号を書いていたのだ。

成立したカップルはあくまで「たまたまカップルになりました」という表情で会場を出ていく。成立しなかった側は涼しい顔で送り出しているが、奥歯を噛み締めている人もいるだろう。

「きょうは、ありがとうございました！」

池田さんが帰り際、俺に向かって挨拶してくれた。

「とても、とても不安でございましたが、どうにかなった気がいたします」

「はい、とても立派でした」

俺が言うと、池田さんは得意げにうなずいた。

「機会がありましたら、ふたたび参ります」

そんなふうに言ってもらえるとは思わなくて、胸がじーんとなる。鏡原さんも後ろからやってきて、「ありがとうございます」と丁寧に頭を下げた。

すべての参加者が帰り、後片付けをする。俺はテーブルや椅子を元の位置に戻し、鏡原さんは細々としたものを片付けた。

「今日は猪名川さんが来てくれて、本当に助かりました」

鏡原さんがうやうやしく頭を下げる。

「いやいや、そんな」

腹が減ったし、このあと食事ぐらいは行けるだろうか。サイゼリヤはきのう行ったばかりだし、さすがに別の店のほうがいいだろうか。そんなことを考えていると、鏡原さんは浮かない顔で口をひらいた。

「うちの会社、もうなくなるかもしれません」

婚活主催者

ドリーム・ハピネス・プランニングがなくなるかもしれない。鏡原さんからもたらされたニュースに俺も衝撃を受けていて、いつのまにか愛着を持っていたのだと気付く。

「それって、社長が決めたんですか？」

「4年前に倒れたときに、社長が言ってたんです。『次倒れたら、会社をたたむつもりです』って」

「気が変わってるかもしれませんよ」

「私もそう思ったんですけど、今日の昼間に電話で『会社の今後について、近いうちに話したい』って言ってきて」

「鏡原さんに事業継承するとかじゃないですか？」

鏡原さんは息を吐いて首を横に振った。

「私にはできません」

「いや、余裕でできると思いますけど」

だって婚活パーティーを回しているのはほぼ100パーセント鏡原さんだ。有事に備えて社長がいると言っていたけれど、鏡原さんだけでもなんとかなるだろう。

「とにかく、会社が大きな危機を迎えていることは間違いありません」

俺たちは片付けを終えて外に出た。すっかり冬の空気で、そろそろコートが必要そうだ。鏡原さんはドアの鍵を閉め、その鍵を南京錠のついた郵便受けに入れた。

「お腹が空いたので、なにか食べていきます」

鏡原さんが近くのなか卯《う》を指さして言う。誘われているようないないような口調だったが、俺も「おともします」と一緒に入店した。

店内にはぱらぱらと客がいる。鏡原さんはタッチパネル式の券売機で迷わず親子丼の食券を買っていて、来たことのない俺はそれを見て操作方法を学ぶ。

「社長の件ですけど、会社をたたもうと考えている人がホームページのライターを募集するでしょうか」

４人がけのテーブルに向かい合って座り、さっきから疑問に思っていることを尋ねる。

「倒れたのは急だったにしても、先行きが見えなかったらホームページを直そうなんて思わないんじゃないですか」

「たしかにそうですけど……」

鏡原さんは口に手を当てて、何かを考えている様子だ。そのうちに親子丼が２つ運ばれてきて、それぞれの席に置かれる。とろとろ卵から顔を出す鶏肉《とりにく》たち。たちのぼる出汁の香りが食欲をそそる。

「いただきます」

鏡原さんはえんじ色のスプーンを手に取り、親子丼をすくって口に入れた。俺も後を追うと、温かい卵とごはんで身体中が温まる。

俺たちはしばらく黙ったまま親子丼を食べ続けた。すべてを食べ終わったところで、鏡原さんが目を伏せたまま口をひらく。

「社長が倒れたのとは関係なく、私がもう婚活マエストロを続けられそうにないんです」

「どういうことですか？」

「匂いがわからなくなってしまったんです」

鏡原さんは表情を変えずに告げた。

「親子丼の匂いもしなかったってことですか？」

目の前の食べ終わった丼からはもう匂いがしないけれど、店全体にうっすら親子丼の気配がある。

「いや、親子丼の匂いはわかったんです。だからこそ深刻で……。さっきのパーティー、誰が誰とマッチングするか、全然感じられなくて」

俺がどの組み合わせが本命か尋ねたときに「全部本命です」と言われたことを思い出す。あれは匂いがわからなくなっていたことへの苛立ちだったのかもしれない。

「予兆はあったんです。入ったばかりの頃はだいたいわかっていたんですけど、徐々に嗅覚が衰えてきて、最近は的中率が下がってきていました。たぶんモスキート音と同じ理屈ですね。加齢とともにパフォーマンスが落ちていくんです」

まだまだ若いじゃないですかと言いたくなったけれど、同い年の俺はその感覚がよくわかる。

昔みたいに徹夜できなくなったし、たくさん食べられなくなった。

「失ってはじめて、私がいかに嗅覚に頼っていたかがわかりました。フリータイムで相手をすすめるときも、この能力のおかげで迷ったことがなかったんです。最近は思いどおりにならなくて、本来惹かれ合うべき人たちをつなげていない気がして……」

最初のパーティーで本気の出会いと言っていた鏡原さんの顔が思い浮かぶ。あれは参加者だけじゃなくて、運営側も本気の出会いという意味だったんだ。冷やかしみたいなやつが来たら腹も立つだろう。

「でもそれは鏡原さんのせいじゃないです」

俺は確信を持って言う。

「鏡原さんの能力がなくても、くっつくべき人たちはくっつくでしょう。パーティーでカップルにならなくても、街の中やどこかで出会っているかもしれません。だから別にそこは問題じゃないです」

鏡原さんははっとした様子で鼻と口を覆った。

「ごめんなさい、こんな弱音を吐いてしまって」

「俺でよければいくらでも聞きます」

「今まで誰にも話せなかったから、ついつい漏れてしまいました」

それは俺も一緒だ。在宅ライター仲間なんてひとりもいない。普段話をするのは田中宏とローソンの店員。鏡原さんに会って、婚活パーティーに出るようになって、ここ２か月だけで、過去

10年に言葉を交わした人物の数を上回ったかもしれない。

「いずれにしても、今の形式のまま続けるのは難しいと感じているところです。私が入社した頃は毎月のパーティーでも30人ぐらい集まっていたのが、最近は10人ちょっとですし」

「たしかに、婚活にこだわる必要はないかもしれませんね」

椅子を自分で運ばせるとか、手作り麦茶が出てくるとか、突っ込みたいポイントはたくさんあるものの、パーティーそのものは楽しかった。

「とはいえ、次のパーティーはすでに募集をかけているので、通常どおりやるつもりなんですけど」

「次のパーティーって、いつですか？」

「12月25日です」

俺はスマホのカレンダーを見てみた。当然何も書かれていない。

「空いてます」

俺が言うと、鏡原さんは怪訝そうな顔をした。

「それは、参加者としてですか？　運営者としてですか？」

急に恥ずかしくなってきた。すっかり鏡原さんと働いているつもりだったけれど、ドリーム・ハピネス・プランニングと俺は何の関係もないのだった。今日だってスタッフをやったわけだし察してくれと思うけれど、戦力として数えられていたらそれはそれで嫌だったかもしれない。

「引き続き、お手伝いできたらいいなと思って」

「いいんですか？」

鏡原さんの喜ぶ顔を見たら、目の奥が熱くなってきた。なか卯で泣くのはカッコ悪いかな。でもまぁ仕方ないよな。

「つい先月まで、俺がだれかに影響を与えることなんてこの先もうなくて、きっとこのまま寂しく死んでいくんだろうなって思っていたんです」

涙が目からこぼれたのを感じる。

「でも、鏡原さんと出会って、ドリーム・ハピネス・プランニングの婚活イベントに携わって、俺でも人の役に立てるんだって感動したんです」

鏡原さんはふふっと笑った。

「猪名川さんが私と出会ったように、私も猪名川さんと出会えたんです」


ドリーム・ハピネス・プランニングに関わっている間も自分の食い扶持《ぶち》は稼がないとならなくて、次の日もまた次の日もクラウドソーシングサイトの案件募集に提案を送り続ける。これを10年繰り返してきたのって、実は相当えらくないか？

途中で何度も「このままでいいのか」と心が折れそうになることはあったけれど、外に働きにいくのはもっと大変だからと家にいることを選び続けてきた。その積み重ねがいまの俺である。

同じぐらいの期間、鏡原さんは婚活マエストロとして浜松市の出会いを支えてきた。その中には結婚しているカップルもいて、子どもも何人か生まれているに違いない。もはや神みたいな存在だ。

なか卯で親子丼を食べてから1週間が経った12月4日、目を覚ましてスマホを見たら鏡原さんからLINEが届いていた。

〝今後の会社のことについて猪名川さんにもお知らせしたいんですが、以下の日時でご都合のいいときに弊社までお越しいただけないでしょうか〟

今から行ってもいいぐらいだが、日時リストに今日の日付は載っていない。

〝明日、12月5日の15時に伺います〟

〝承知しました。よろしくお願いします〟

なか卯を出たあとチャリを押して送っていくつもりだったのに、鏡原さんは「ちょっと寄りたいところがあるので」と早足で去っていった。なんとなく避けられているようにも感じる別れ際だったので、こうしてLINEがきたことにほっとしていた。

今日は「〇〇に行ったら絶対買いたい〇〇みやげ30選！」を47記事納品することになっている。ネタが多い都道府県ならするする書けるのだが、全然ない都道府県だとご当地スーパーの知られざる人気商品まで探さないとならない。残すは九州・沖縄だけだから、なんとかなるだろう。

ローソンに行くべくマンションを出ると、田中宏が見覚えのないショートカットの女性と立ち話しているところだった。このマンションの入居者はだいたい大学生だが、女性は俺と同世代ぐらいに見える。じろじろ見たら失礼かと思った瞬間、目が合ってしまった。

「えぇっ、猪名川くん？」

沈没船に乗っていたはずの人間を見つけたかのような声で言う。どうやら縁故のある人物らしいが、まったく心当たりがない。

「そうそう、ケンちゃん、まだ住んでるんだよ」

田中宏の調子に、俺をネタにするなと突っ込みたくなる。

「懐かしすぎる！　わたし、同じ学年で、同じマンションに住んでた大原《おおはら》です」

大原さん。記憶にあるようなないような名前に、「あぁ」としか言えない。

「たまたま浜松に来る用事があって、ここまで足を伸ばしたら田中さんがいたからびっくりしちゃって。でも猪名川くんに会って、もっとびっくりした」

「田中さんも大原さんのこと覚えてたんですか？」

「いやぁ、あんまり覚えてないけどさ、こうして卒業生が会いにきてくれると先生になったみたいでうれしいのよ」

田中宏が竹箒片手に頭をかく。

「そりゃ覚えてないですよねー、わたしだって正直ここに来るまで覚えてなかったですもん」

大原さんはクラゲみたいなイヤリングを揺らしてケラケラ笑う。

「ていうか猪名川くんまったく変わってないね。大学生のまま時間が止まってるみたい」

いやいやそんなクリティカルなこと言わなくても。

「猪名川くんって、梨花子と付き合ってたでしょ？　それで覚えてたの」

さらに俺の心臓に矢を射ってくるのはやめてほしい。

「ケンちゃんにもそんな時代があったんだねぇ」

田中宏がニヤニヤしている。

「ここに住んでるってことは、今も独身？」

「そうだよ」

そんなつもりはなかったのに、ぶっきらぼうな言い方になってしまう。

「へぇ〜、いいじゃんいいじゃん。見た目が若いのは大学生に囲まれてるからかな。うちの夫はだいぶハゲてて……」

そりゃまぁ結婚してるだろうな。おそらく梨花子もどこかで結婚してるんだろう。鏡原さんだったらこんな不躾《ぶしつけ》な絡み方はしてこないだろうと想像して、目の前の大原さんから気をそらす。

「その梨花子ちゃんとやらも結婚してるの？」

田中宏が下世話な質問を繰り出す。

「はい、子どもが二人いるみたいですよ。直接連絡はとってないけど、Facebookでつながってるんです」

そんなヒントは出さないでほしい。同学年のFacebookを見たところで嫌な気分になるのはわかっているので、俺は今日まで一切触れずに生きてきた。でも今後、心が弱ったときに魔が差して足を踏み入れてしまうかもしれない。

「猪名川くんもせっかくだし連絡先教えてよ。ＬＩＮＥやってる？」

「ごめん、俺、いま、急いでるから！」

我ながら雑すぎる設定でその場を離れ、ローソンに入らず歩き続ける。同世代に取り残されているのはわかりきっていたことで、全然気にしていないつもりだった。でも実際に同世代を前にすると、俺だけ大学を卒業していないダメ人間であるように思えてくる。

ふと不動産屋の前で立ち止まり、掲示してある物件広告を見つめる。いっそ引っ越してみるのはどうだろう。広告には「スマートロック」とか「インターネット無料」とか「24時間ゴミ出し可能」といった魅力的な文言が並んでいる。たとえ近所で引っ越したとしても、レジデンス田中よりは快適な暮らしが得られる。なにせレジデンス田中のトイレには、いまだに温水洗浄機能がついていないのだ。

だいたい在宅ライターなんてどこでもできる仕事だし、浜松市にとどまる理由はない。田中宏と会えなくなるのは寂しいけれど、相手は何百人と相手にしてきたマンションの大家だ。しばらくすれば大原さんのことみたいに忘れてしまうに違いない。

それ以上に気になるのは鏡原さんに会えなくなることだ。これも時間が経てばきっと忘れられる……いや、やっぱり今はやめておこう。

俺は10分歩いたところにあるセブン‐イレブンで昼食を調達した。「クリスマスケーキの予約は12月10日まで」と大きく書かれていて、もうそんな時期かと実感する。ローソンとは品揃えが違っていて、見て回ったらいい時間つぶしになった。

田中宏と大原さんがまだ立ち話をしていたらどうしようと不安になったが、マンション前には誰もいなくてほっとする。

郵便受けに何も入っていないのを確認してエントランスをくぐると、スマホをいじりながら出かけていく男子大学生とすれ違った。いつもならなんとも思わないのに、今日は胸にちくっとしたものを感じる。

あいつらにとってレジデンス田中はかりそめの住居で、いつか巣立っていく。どうして俺だけ飛べなかったんだろう。

ドリーム・ハピネス・プランニングの入った雑居ビルに来るのは2度目だ。お世辞にもきれいとは言えない古いビルで、エレベーターのボタンは丸形の強く押し込むタイプである。下りてくるのを待ちながら郵便受けをながめると、「MY企画」とか「マインドムーブ研究会」といった若干不安を覚える屋号が書かれていた。

3階に上がり、スマホの時計を見ると14時40分。15時の予定だったけれど、張り切ってしまった。アポの時間より20分早く行くのはマナー違反だろうか。でももう着いちゃったし、とドリーム・ハピネス・プランニングのドアをノックする。

「どうぞー」

鏡原さんの声が聞こえた。ドアノブを回して入ると、パソコンと向き合う鏡原さんが見える。

「お越しくださりありがとうございます」

鏡原さんはキーボードから手を離して立ち上がり、俺を応接セットに座らせて自分も向かいに座った。

白いブラウスに黒いカーディガン、ゆるっとした茶色いズボンをはいた鏡原さんはいつもよりリラックスしているように見える。最悪の事態は免れたのかと思いきや、

「うちの会社、なくなるそうです」

とあっさり言い放った。

「社長から、ライターの仕事をお願いできずすみませんとの伝言を預かっています。先週のパーティーと、今度のパーティーの謝礼もお支払いしますので、快復したらまたお会いしましょうと言ってました」

俺が呆然《ぼうぜん》としている間も、鏡原さんは淡々と説明している。

「鏡原さんはどうするんですか」

「退職金も出るようなので、少し休んで考えます」

鏡原さんに悲愴感はなく、社長との話し合いは一通り済んでいる様子だ。

「というわけで、12月25日の婚活パーティーが最終回です」

最終回。子どもの頃、新聞のテレビ欄に「終」の文字を見つけると、知らない番組でもなんとなく悲しかった。楽しみにしていた番組だと、来週から何を見たらいいのかと絶望すら覚えた。ドリーム・ハピネス・プランニングの最終回は、後者に近い。

「寂しいですね……」

むしろ俺のほうが気持ちの整理がつかない。ドリーム・ハピネス・プランニングがなくなったら、俺と鏡原さんとの接点がなくなってしまう。もしかしたら、もう会えないかもしれない。

「あぁ、そんなにショックを受けていらっしゃるんですね。せっかく取材してくださったのに、申し訳ありません。社長に相談していただければ補償なども……」

いつのまにかうなだれていた俺を、鏡原さんが慌てた様子でフォローする。

「違うんです。鏡原さんに、会えなくなるのが寂しくて」

俺は顔を上げ、鏡原さんの目を見て伝えた。これはもう好きって言っちゃってるようなものではないか。俺がドリーム・ハピネス・プランニングに思い入れを持ったのは、ほかでもない鏡原さんがいたからだ。

鏡原さんは「えっ?」と素で驚いた表情をしている。

「たしかに、お仕事関係で会うことはなくなりますけど……普通に会えばよくないですか?」

普通に会う、それができたら苦労しない。桑原の「同じ職場の派遣社員と付き合って結婚した」も、社長の「いろいろと事業に乗り出した」も、どうしたらそんな思い切りがつくのだろうか。

「サイゼリヤに行きたいときとか、LINEで呼んでくれたら行きます」

鏡原さんから具体的な方法が示された。鏡原さんが誘ってくれたらいいのにと思ってしまったけれど、会いたいのは俺だもんな。ここまで言わせてしまうなんて、なんとも情けない。

「次回の婚活パーティーについて話し合いませんか」

話題を変えたくなった俺は、明らかに無理のある方向転換をはかった。鏡原さんも「そうですね」と立ち上がり、机からノートパソコンを持ってきた。

「はっきりいって、うちの会社のホームページ、変でしたよね」

味があっていいと思いますけど、とフォローしたいところだが、変は変なので素直に「はい」と答える。

「そのわりにお客さんがいて、どこで集めているのか気になっていました」

「ホームページ以外に、婚活のポータルサイトとか、フリーペーパーに広告を載せてるんです。あとはリピーターさんと、クチコミの力でしょうか。あのスポーツバーは格安で借りられるので広告費を引いても利益は出ていたんですけど、大儲《おおもう》けする感じではなかったですね」

俺は鏡原さんとこういう話がしたかったのだ。今になってはもう遅いけれど、遅すぎることはない。

「次の婚活パーティーが最終回ってこと、もっとアピールしたらどうですか？」

「アピール？」

「はい。もしかしたらドリーム・ハピネス・プランニングにこれまで来られたお客さんの中で、最後にもう一度来たいって思う方がいるかもしれません。閉店前のお店にお客さんが殺到《さっとう》する、アレです」

俺がドリーム・ハピネス・プランニングに愛着を持ったように、あの一風変わった昔ながらの婚活パーティーを気に入った人もいるはずだ。また行きたいと思いながら実行に移せなかった人たちも、最終回となればもう一歩が踏み出せるかもしれない。

「そうですね。ホームページに追記しておきます」

多いだろう。

「それと、匿名掲示板にも書いていていいですか？」

毎日たくさん書き込みが飛び交うスレではなかったけれど、ホームページよりは見ている人が
「私は見ないので、猪名川さんにおまかせします」

「わかりました」

俺はなんとなく事務所の中を見渡し、壁にかかった「江藤《えとう》工務店」のカレンダーに目を留める。最後のパーティーは12月25日、月曜日。

俺は人生の半分以上、クリスマスと縁のない暮らしを送ってきた。だからといって世間のクリスマスムードを無視することもできず、カップルを妬ましく思う程度には俗世にまみれており、端的に言ってクリスマスなんてくそくらえと思っている。

「今度のパーティーはクリスマスの日ですけど、なにか変わったことをするんですか？」

鏡原さんがクリスマスを愛していたとしたら、無下に否定するわけにもいかない。どんなスタンスでいるのか気になって、水を向けてみた。

「クリスマスだからといって特別なことはしませんけど……したほうがいいんですか？」

「しなくて大丈夫です」

俺はコンサルタントにでもなった気分で目に力を込めてうなずく。

「ちなみに、これまでもクリスマスにイベントをしたことはあるんですか？」

「はい、数年前も通常パーティーがクリスマスイブに当たったことがあるんですが、かえってい

つもより参加者が多かったですね。もしカップル成立したら一緒にいられるので」

なるほど、そういうものなのか。

「だからといってカップル成立しなくても、家にいるよりも楽しいっていうのはあるかと思います。特にうちの婚活パーティーはゆるいので、雑談できて楽しかったっておっしゃってくれる方もいて」

はじめて参加した婚活パーティーで出会ったまこのことを思い出した。まこは海外ドラマの『ミラクル・ヒューストン』にハマっていて、登場人物のマイケルがいかに魅力的かを熱く語った。あのあと俺も気になって『ミラクル・ヒューストン』を見返したら、一度目に見たときよりマイケルが好きになっていた。

「そうだ。プロフィールカードを少し変えてみたらどうですか？　雑談の取っかかりになるカードですけど、いつも書きづらいんです」

鏡原さんは身を乗り出して「たとえば？」と尋ねた。

「『趣味』のところですね。たぶん趣味っていう聞き方がわかりづらくて、『休日にすること』とか『ストレス解消にすること』とか、具体的な活動を尋ねるだけでずいぶん違うんじゃないかと」

「なるほど」

鏡原さんは立ち上がって机に戻ると、パーティーに使っているプロフィールカードを1枚持ってきた。

「あんまり質問内容に凝りすぎても大喜利みたいになっちゃうんで、シンプルでありながら書きやすい方向に誘導してもらえると、参加者としてはありがたいですね」

鏡原さんはうなずきながらプロフィールカードに「具体的な活動」「書きやすい方向」などとメモしている。

「そういえば！」

俺はいちばん大事なことを思い出した。

「一番上の名前の欄、本名を書くのか呼び名を書くのかわかりません」

「本当ですね……」

鏡原さんが右手で口を押さえる。

「10年やってきて、こんなことにも気付かなかったなんて、自分が不甲斐ないです」

「そんな、自分を責めないでください」

逆に、何も変えずに何年も続いてきたことがすごい。

「実際には、どっちを書けばいいんですか」

「基本的には呼び名ですね。本名を知られたくない人もいるでしょうし。思いつかない場合は本名フルネームですけど、ペンネームみたいなものでもいいですよね」

「それなら、ここに書くべきは『って呼んでね！』じゃないでしょうか」

鏡原さんが目を見開いて俺を見る。

「発明ですね」

そんな反応がもらえるとは思わなくて、「いやいやたいしたことないです」と謙遜してしまう。

「ってことは、職業も『で生計を立ててるよ！』のほうがいいですか？」

「いや、職業は悩まないので、そのままで大丈夫です」

鏡原さんが「そのまま」と書き込む。ほかの欄もひとつずつ意見を出し合い、俺たちの考える最強のプロフィールカード案が完成した。

「さっそく更新してみます。チェックしてほしいんですが、猪名川さんはお時間大丈夫ですか？」

「はい、大丈夫です」

俺はすべてを出し切ったような気持ちになり、ソファに身体を預けた。天井を見上げると、無機質な蛍光灯《けいこうとう》が光っている。

「会社がなくなるということは、この事務所もなくなっちゃうってことですか？」

「先日もお話ししたとおり、このビルが社長の持ち物なので当分はそのままな気がしますけど、ドリーム・ハピネス・プランニングとしての事務所ではなくなっちゃいますね。私が出社することもなくなります」

鏡原さんはパソコンでカタカタ打ち込みをしながら答える。

「寂しくないですか？」

「寂しい気持ちはもちろんあるんですけど……どこか、ほっとしてるところもあって」

俺は姿勢を正して鏡原さんに目を向けた。

「もし就職できなかったら、猪名川さんに在宅ライターのやり方を教えてほしいです」

鏡原さんも俺のほうを見た。

「鏡原さんみたいな人材がライターやるなんて、もったいないです」

「在宅ライターだって立派なお仕事でしょう？　猪名川さんだってちゃんと一人で生活できてるじゃないですか」

そう言われてみればそうなのだが、書いている内容がしょぼすぎてどうしても低く見積もってしまう。きのうの夜遅くまで書いていたのは「今からでも間に合う！　格安年賀状印刷10選（2023年12月最新版）」だ。

俺も鏡原さんと転職活動してみようかなんて思っていたら、レーザープリンタが紙を吐き出す音がした。

「新バージョンのプロフィールカード、作ってみました。一緒にやってみましょう」

鏡原さんが印刷したプロフィールカードとボールペンを持ってきた。一番上の欄には（名前）、その右下に「って呼んでね！」と書かれている。最終回とはいえ、ドリーム・ハピネス・プランニングの歴史に爪痕《つめあと》を遺せたことが誇らしい。

趣味についても「休日にすること」「ストレス解消のためにすること」と言い換えられている。いずれにしても俺が休日にすることは「寝ること」だが、ストレス解消には「掃除」と書いてみた。ごくたまにシンクやトイレをピカピカにしたくなるときがあって、古いスポンジや歯ブラシで磨いているのだ。こんなのは趣味なんて言えないと思っていたけれど、達成感があって、多少のストレス解消にはなっている。

俺と鏡原さんはほぼ同時にプロフィールカードを書き終えた。

「すごく良くなったと思います」

書いている内容はそこまで大きく変わらないけれど、前のプロフィールカードほど悩まずに書けた。

「猪名川さんのおかげです。せっかくなので、シミュレーションしてみましょう」

鏡原さんは「よろしくお願いします」と、自身のカードを差し出してきた。見せるつもりで書いていなかったから恥ずかしいけれど、今さら隠すことなんてない。

名前欄には「なおこ」と書かれている。俺は「ケンティー」と書いてしまった。フラれた女性につけられたあだ名を大事にしている時点で負け組感が漂っている。

「ケンティーさんはどら焼きが好きなんですね」

鏡原さんからケンティーと呼ばれて、胸がずきっと痛くなる。

「はい。正統派のつぶあんが好きです」

「いいですね。私もつぶあん一択だったんですけど、30代後半からはこしあんも好きになってきました」

これも「好きな食べ物」では範囲が広すぎるから、書きやすいように「好きなスイーツ」に絞ったのだった。

鏡原さんはティラミスと書いていて、サイゼリヤで一口もらったことを思い出す。あれは好物だったから注文したのか。

「ティラミス、また、食べにいきましょうね」

思わず素に戻ってしまった。鏡原さんはそれを責める様子もなく、「そうですね」とうなずく。

「ケンティーさんは『あまり干渉しない人』と結婚したいんですね」

「そういう相手のほうが、長続きしそうなので」

これは先日のパーティーで池田さんから学んだことだ。一方鏡原さんが結婚相手に求める条件は「感情の浮き沈みが少ない人」と書かれている。俺はどうだろう。そこまで大きく揺れない気がするけれど、平坦な生活を送っているだけという説もある。

「ありがとうございました」

鏡原さんが自己紹介タイムは終わりだと告げるように頭を下げた。ほかにも「最近ハマっていること」とか「デートで行きたい場所」など会話の取っ掛かりになりそうな項目があって、鏡原さんは「スパイスカレーを作ること」と「サイゼリヤ」と書いていた。

「サイゼリヤ、本当にお好きなんですね」

俺が突っ込むと、鏡原さんは苦笑する。

「逃げですね。すごく好きかというとそうでもなくて、あんまり考えずにサイゼリヤって書いてる節があります」

「なるほど」

窓の外に目をやると、すでに夕方を感じさせる空が広がっていた。冬至が近いから、17時には暗くなってしまう。

「なんだか、文化祭の準備みたいですね」

俺が言うと、鏡原さんが「懐かしいですね」としみじみ言う。

「どんな出し物しました？　俺は教室に巨大迷路をつくった記憶があります」

クラスのやつらとダンボールを組み立てるだけなのに、なぜか楽しかった。近隣のスーパーのダンボールはほかのクラスとの奪い合いで、遠く離れたコンビニから大量のダンボールを運んだ。畳んだダンボールを背中にくくりつけてチャリで土手を走った青春の一コマが思い出される。

「私は教室に富士山の模型を作ったのを覚えてます。文化祭前後はカップルが急増するので、匂いがすごかったですね。誰が誰を好きなのか、手に取るようにわかるんです」

「惹かれ合う同士は匂いが似ているって話していましたけど、片思いのときもわかるんですか？」

「はい。片思いの人が、その相手に近づくと、発する匂いが濃くなるんです。でも匂いが違うから、たいていは成就しません。匂いがマッチングしない同士がとりあえず付き合うパターンもありますね」

「鏡原さんこそ、告白されたりしなかったんですか？」

「されましたよ」

されなかった流れじゃないんだと動揺する。そりゃ鏡原さん美人だもんな。なぜか自分と同類に思っていたが、そんなはずはない。相手は一体どんなやつなのか、鏡原さんはＯＫしたのか、めちゃくちゃ気になる。

「そんなびっくりしないでください。昔のことです」

動揺が顔に出ていたらしい。

「あっ、そうそう。猪名川さんにお見せしたいものがあったんです」

鏡原さんがはがきを持ってきて俺に渡した。ひと目見ただけで年輩者が書いたとわかる、縦書きの文章だ。

「先日のコミニュ－ティーセンターでの婚活パ－テイ－ではお世話になりました。ご紹介いただいた昭二さんとはお互いの家を行き来して、ガ－デ－ニングの情報交換をしています。春になりましたら皆様にもぜひ見にきていただきたいです。これからますます寒くなりますが、お身体に気をつけてください　かしこ」

俺は胸が熱くなって、何も言えなくなった。差出人は見なくてもわかる。シニア婚活パーティーに参加していたエイコさんだ。カタカナ言葉が苦手で、俺にガーデニングの書き方を尋ねてきた。正しく書けなくたって、ちゃんと伝わるじゃないか。

「あのとき、猪名川さんが松田様を引き止めてくれたおかげです」

俺のひとことで生まれたカップルが、今日もどこかで関係を深めている。俺は素直に感動していた。

「この前の池田さんへのサポートも見事でしたし、猪名川さんの働きぶりは素晴らしいです」

「たまたまですよ」

口では謙遜してみるけれど、やっぱりうれしくて頬が緩んでしまう。

「最後の婚活パーティーも、がんばりましょうね」

鏡原さんに合わせて「がんばりましょう」と笑っておいたが、ドリーム・ハピネス・プランニングの婚活パーティーが終わってしまう寂しさは拭えなかった。


最後のパーティーを翌日に控えた12月24日。ローソンで買った冬季限定ロールキャベツ鍋と家で炊いた米を食べていると、鏡原さんからLINEがきた。

〝最終回をアピールしたおかげか、普段より多くのお申し込みをいただきました〟

申込者は男性15名、女性12名だという。いつもの倍といってもいい状況だ。そのうちリピーターは8人で、その中には前回のパーティーに来ていた池田さつきの名前もあった。またチャレンジしてくれたことがうれしくて、今回も肩入れしてしまいそうだ。

あのあと俺は匿名掲示板の静岡県西部の婚活ってどうよスレに「ドリハピが12月25日に最後の婚活パーティーをするらしい」と書きこんだ。スルーされても構わないと思っていたが、「倒産かな」「婚活マエストロ引退?」「あのホームページどうするんだろう」といったレスがついた。

100人ぐらい集まったらどうしようかと思っていたが、ほどよい人数でよかった。

〝18時にいつものスポーツバーにお越しください。私も同じぐらいに行きます〟

前は30分前に来ればいいと言われていたが、1時間前に繰り上がった。会場セッティングから任されることになったらしい。ランクアップしたのは喜ばしいが、これで最後だと思うと悲しい。

どう返信しようか迷っていると、画面の左上に「1」と表示された。トーク一覧画面に戻ってみると、山本隆平からのメッセージだった。

〝久しぶり！　元気しとる？〟

誰だっけと思ったのも束の間、静岡の婚活パーティーで出会った関西弁の男だと思い出す。これも一種の「お出会いをゲット」に違いない。

〝元気だよ〟

英語の授業の挨拶のごとく、何も考えずに返答する。

〝自分、こないだカップル成立してたやん。クリスマスは一緒に過ごすん？〟

そういえばあのパーティーで俺は鏡原さんとカップル成立したのだった。隆平は俺たちがもともと知り合いだったことを知らないし、興味を持って尋ねてきたのだろう。たしかに俺たちは明日会うことになっているが、全然ロマンチックな感じではない。

〝お互い仕事だし、何もしないよ〟

テンポよく続いていた会話が一瞬止まる。スマホを置いてプラスチック容器から汁をすすり、米を一口食べたところで返事が届いた。

〝ってことは続いてるんや、ええなぁ〟

そうか、もう連絡が途絶えたことにしてもよかったのか。でも鏡原さんとの関係が終わったなんて、縁起でもないことは言いたくない。

〝サイゼリヤとなか卯に行ったぐらいだけど〟

〝庶民的やな〟

言うても俺たち庶民やしな。エセ関西弁が思い浮かぶ。もう会話を終わらせるつもりでスタンプを送ろうとした瞬間、隆平からのメッセージが届いた。

〝クリスマスやし、なにかプレゼントしたらええんちゃう？〟

メッセージの直後、入れ違いで笑顔のクマのスタンプを送ってしまった。これではプレゼントを贈ることに同意した人である。鏡原さんはクリスマスプレゼントには興味なさそうだけど、贈られたらうれしいものなんだろうか。

〝なにがいいと思う？〟

参考までにと思って尋ねると、

〝ハンドクリームなんてええんちゃう？　知らんけど〟

と、関西人のお手本みたいな回答が届いた。

ロールキャベツ鍋を食べ終えて「ハンドクリーム　プレゼント」を検索すると、俺が書くような「プレゼントにおすすめのハンドクリーム50選」的な記事がずらっと並ぶ。上位に浮かぶSEOばっちりなページを開くのは癪《しゃく》なので、２ページ目でくすぶっている記事をタップする。プチプラで贈りやすいとか、ラッピングがかわいいとか、シアバター配合とか、なんとか特徴をつかもうとするライターの苦労がうかがえた。

見ているうちにどれが鏡原さんに似合いそうか考えている自分がいた。あのドリーム・ハピネス・プランニングの事務所で、パソコン作業の合間にハンドクリームを塗る鏡原さん。たしかにハンドクリームなら好き嫌いがなさそうだし、プレゼント初心者にも向いていそうだ。

しかし通販で買ったら明日に間に合わない。マップで「浜松駅　ハンドクリーム」と雑な検索をしたら、遠鉄《えんてつ》百貨店にハンドクリーム屋があることがわかった。ぶっちゃけどこの店のハンドクリームでもいいし、パーティー前に買っていこう。ますます気合いが入ってきた。


風呂場にある小さすぎる洗面台の鏡の前でネクタイを締める。ようやくスーツに慣れてきたのに、明日以降は当分着る機会がない。婚活パーティーに行くとか、就職活動をするとか、自主的に着る機会を作ればいいのだけど、今日のパーティーが終わらないことには何も考えられそうになかった。

17時に家を出て、チャリで遠鉄百貨店に向かう。クリスマスとはいえ平日だから、そこまで変わった様子はない……と思いきや、入口を入ってすぐにクリスマスツリーがあって、若者たちがスマホで記念撮影している。

俺は調べてあったハンドクリーム屋に直行した。あまり広くない店内にちらほら客がいて、店員と話したり、見本を手につけたりしている。

行儀よく整列しているハンドクリームのチューブに目をやると、お値段は１７６０円。手に塗るものとしてはずいぶん高い気がするが、大人が贈るプレゼントとしては安いようにも思う。

「お探しのものがあれば遠慮なくおっしゃってくださいね」

不慣れオーラが出ていたのか、紺色のエプロンを付けた女性店員が寄ってきた。

「プレゼント用の、ハンドクリームを探しています」

恥ずかしいぐらい気合いの入った言い方になってしまったが、店員はあたたかな笑顔でうなずいた。

「どんな香りがお好みとかありますか？」

聞かれて俺ははっとする。鏡原さんは匂いで惹かれ合う者同士を見極めている。その能力はすでに衰えていると話していたが、それでも余計な匂いはないほうがいい。

「香りがないほうがいいです」

言ったそばからそんなハンドクリームあるのかと不安になったが、店員は「それではこちらがおすすめです」と一番端にあった白いチューブを手に取った。

「お仕事などで香りが一切ダメという方もいらっしゃいますので、無香料のものも用意しています。厳密にいえば原料の匂いがするかもしれませんが……」

差し出された見本を自分の手につけてみる。匂いをかいでみるが、何も感じられない。それよりも手のカサカサがなくなっていい感じだ。ハンドクリームが必要なのはむしろ俺のほうかもしれない。

「お休み前にパール２個分をなじませて、シルクの手袋をして寝ると朝にはすべすべの手になってるんですよ」

パール２個分。聞いたことのない単位である。

「これにします」

「男性にもおすすめですが、ご自宅用は大丈夫ですか？」

こんなの断ってしまえばいいのに、鏡原さんと同じハンドクリームをつけるという行為にエモさを感じてしまい、まんまと2個購入する。シルクの手袋とやらもすすめられたが断り、1個には110円プラスして、透明な袋に赤いリボンをつけた簡単なラッピングをしてもらった。

鏡原さんにハンドクリームを買えたなんて、人間としてのレベルが上がった気がする。ほくほくした気分で店を出てスマホを確認すると、鏡原さんからのLINEの通知が画面いっぱいに並んでいた。これはどう考えても緊急事態だ。

〝会社のエレベーターに閉じ込められてしまったので、遅れます〟

最初のメッセージは20分前だった。音声通話の着信もあったものの、ハンドクリームに意識が向いていたせいで出られなかった。

その後立て続けにメッセージが届き、新プロフィールカード.pdf、名札.pdf、参加者名簿20231225.pdfのファイルが送られてきている。

〝メンテナンス会社に連絡はついたのですが、ここに来るまで1時間ぐらいかかるそうです〟

〝会場の鍵は郵便受けに入っています。南京錠の番号は2138です〟

〝このファイルをコンビニでプリントして持っていってください。プロフィールカードは予備を含めて30枚、名札と名簿は1枚ずつで構いません〟

〝100円ショップかどこかで筆記用具30本と、名札を切るためのはさみ、貼るための両面テープを調達してください。お金はあとで支払います〟

〝受付では名簿と本人確認書類を照合して、名札とプロフィールカードをお渡しください〟

鏡原さんの連投メッセージを見るだけで胸が締め付けられる。あの古いエレベーターに閉じ込められるなんて、さすがの鏡原さんも不安だろう。俺ならパニックになってしまって指示どころではないはずだ。せめて音声通話に応えてあげればよかった。

こっちからかけたいところだが、スマホの充電を浪費させてはいけない。〝わかりました！こちらはおまかせください〟とだけ送ると、すぐに既読がついた。

〝ありがとうございます！〟

俺は近くのローソンに入り、マルチコピー機でＰＤＦを印刷した。普段からローソンで印刷してきた甲斐があって、スムーズにできた。

次に近くの１００円ショップに駆け込み、10本入りのボールペンを３パック、はさみ、両面テープを購入する。

会場に着いたのは18時10分。この前鏡原さんが鍵を投じていた郵便受けの南京錠を外し、鍵を取り出してドアを開ける。照明のスイッチもわからなくて、それらしきスイッチを片っ端から押していく。

「こんばんは！」

店のドアが開いたのでびくっとなった。振り向いてみると、紺色のダウンコートを着た女性が入ってきたところだった。

「あぁっ、池田さん！」

「かたじけないことに、ずいぶん早く到着してしまいました」

「すみません、まだ準備できてなくて」

今ようやく電気がついたところである。受付のセッティングもできていないし、会場の机もパーティー仕様になっていない。どこから手を付けたらいいのだろう。

祈るような気持ちでスマホを見ると、鏡原さんから懇切丁寧な指示が届いていた。

〝今回は最大27人なので、使うテーブルは4人×7台です。二人用のテーブルも適宜組み合わせて使ってください。受付のテーブルは二人用のテーブル2台です。使わないテーブルは脇に寄せて、自己紹介タイム用のスペースを空けておきます〟

「わたしもお手伝いいたします」

「いや、お客さん……じゃない、お客様にお手伝いいただくわけにはいきません」

池田さんは首を横に振る。

「前回、スタッフさんがわたしをサポートしてくださったように、わたしもスタッフさんをサポートいたしたいのでございます」

そう言われてみれば、もともとドリーム・ハピネス・プランニングではお客さんに椅子を運ばせてるわけだし、今さら取り繕う必要もない。

俺は「お願いします」と池田さんの申し出を受け入れることにした。

「まずは暖房を入れたほうがよろしいのではないでしょうか」

池田さんが壁についている空調のスイッチを見つけて電源を入れてくれた。焦っていて寒さを感じる余裕もなかった。

　鏡原さんはこれまで一人で準備をしてきたのだと思うと、なぜだか泣きそうになる。俺は最後の方だけ手伝って参加した気になっていたけれど、鏡原さんはドリーム・ハピネス・プランニングのパーティーを開催するために、10年間力を尽くしてきたのだ。

　俺と池田さんは手分けして会場のセッティングを終えた。

「すみません、本当に助かりました」

「いえいえ、お礼には及びません。スタッフさんが困っている様子だったので、放っておけなかったのであります」

　池田さんが着ていたダウンコートを脱ぐ。前回のデニムコーデとは打って変わって、白いニットワンピースを着ていた。

「すてきなお洋服ですね」

　思ったことがそのまま口から出た。

「母とイオンモールに行って買ってきたのであります」

　池田さんが腰に手を当てて得意げに言う。

「そういえば受付がまだでございます」

「あぁ、名札も用意しないと」

　名札用の番号が書かれた紙をはさみで切り取り、池田さんが裏側に両面テープを貼っていく。

いつもなら名札ケースがあるところだけど、おそらく鏡原さんと一緒にエレベーターに閉じ込められている。そのうちに他の参加者が入ってきて、あわあわしながら作業を進めた。

すべての名札が完成したところで、池田さんのマイナンバーカードを名簿と照合し、2番の名札とプロフィールカード、さっき買ったボールペンをセットで渡す。

「そちらの席でプロフィールカードのご記入をお願いします」

「了解であります」

続く参加者も勝手がわかっているタイプらしく、身分証明書を提示し、名札とプロフィールカードとボールペンを受け取って席についた。

3人、4人と対応していくうちに余裕が生まれ、なんとかなる気がしてきた。身分証明書を出すのにまごつく人もいたが、ボトルネックはそれぐらいであとはスムーズに進行している。鏡原さんが無事救出されたのか気になるが、次から次に参加者が来るためスマホを確認する隙がない。こんなに人が集まってしまうなんて、最終回アピールなんかするんじゃなかった。

半分ぐらいのところで、ごつい男がニヤニヤしながらやってきた。

「婚活マエストロってほんとにいるんですかー？」

一見して厄介なやつだとわかる。それにその質問は一番痛いところを突いている。

「えっと、今はいませんが、後から来ます」

「ほんとにー？　そんなこと言って、婚活マエストロなんていないんじゃないのー？」

鏡原さんだったら毅然《きぜん》と言い返すだろうが、俺は何も言えない。

「だいたい、婚活パーティーで成功する人なんてほんの一握りですよねー？　婚活マエストロがいるって書き込んでるの、自作自演の誇大広告じゃないですかー？」

「すみませんが、身分証明書をご提示いただけますでしょうか」

俺は笑顔を作り、ヘラヘラと受け流す作戦に出た。

「身分証明書、全部忘れちゃったんですけどー」

「おそれいりますが、そういう方は参加をお断りしているんです」

「えーっ？　そんなのひどくなーい？」

「ひどいですよね、でも僕には決められないんです」

後ろに並ぶ参加者から「なんとかしろ」の圧を感じる。こういう迷惑客、レンタルビデオ屋で働いていた頃にも出くわしたことがある。たいてい店長とか上の人間が対応してくれたけど、今の俺には代わってくれる相手がいない。

「なんとか参加させてよー」

「先にほかの方の受付をしますので、お待ちいただけますか」

「俺だって客なんですけどー」

そのとき、店のドアが開いた。このタイミングで現れるなんて、やっぱりなにか持っている。

「社長！」

俺は思わず叫んでいた。並んでいる参加者たちも、一斉に社長の方を見る。

「この方が、身分証明書をすべてお忘れになったそうです。対応をお願いできますか」

黒いスーツに身を包んだ社長はすべてを察したようにうなずき、「こちらにお越しいただけますか」と男を連行していった。

「すみません、お待たせしました」

「あれ、ケンティーさん……？」

不意にあだ名で呼ばれ、こんな知り合いいたかなと頭の中で検索をかける。差し出された運転免許証には「望月明奈《もちづきあきな》」とある。

「あっ、バスツアーのときの」

隣に座っていたあきなだった。別の男とカップル成立していたはずだが、ここに来ているということはそこまで発展しなかったということか。

「すみません。わたしのほうも名前がわからなくて、呼ばれていたあだ名だけ覚えてました。あのときは参加者でしたよね？」

そりゃ不審にも思うよな。社長も鏡原さんもこのリスクを考えていなかったのだろうか。

「そうなんです。あのあと婚活に興味を持って、今はここで働いています。再度のご参加ありがとうございます」

それっぽくお礼を言って、頭を下げてみる。

「最後って聞いたから来たんです。なおちゃんは？」

「遅れて来ます」

鏡原さんの現状がわからないのがもどかしい。行列をさばき終えたところでようやく手が空き、スマホを見ることができた。

〝エレベーターから出ることができました！　今から会場に向かいます〟

メッセージは5分前に届いている。俺は安堵のあまりしゃがみ込んでしまった。

「猪名川さん、いろいろとすみませんでした」

やってきた社長に声をかけられて立ち上がる。病み上がりでも特段変わった様子はないが、またちょっと頭頂部の毛が薄くなった気がする。

「いえ、もう体調はいいんですか？」

「日常生活に支障はありません。鏡原さんは私の体調を気遣って、『社長がいなくても大丈夫です』と言ってくれていたのですが、最後のパーティーをどうしても見たかったんです」

「鏡原さん、こちらに向かっているようですね」

朗報《ろうほう》だと思ったのに、社長は浮かない顔をする。

「あのエレベーターにもちゃんと点検を入れていたのですが、電気系統の劣化が進んでいたようで……オーナーである自分の責任です」

「あぁ、そんなに落ち込まないでください。そういえばさっきの人は……？」

「お帰りいただきました。あのような冷やかし客が来るのも久しぶりでしたね」

社長がなぜかちょっとうれしそうな顔になったので、ほっとする。

「言ってる間に19時ですね」

「猪名川さん、司会やってみますか？」

社長がプリントアウトした進行表を俺に差し出す。ここまで鏡原さんの代わりを務めてきたのだから、もう少しがんばりたい。

「やります」

俺が進行表を受け取ると、社長は大きくうなずいた。


「お待たせしました。定刻となりましたので、ドリーム・ハピネス・プランニング主催、ウェルカムパーティーをはじめさせていただきます」

マイクを握ってしゃべってみたものの、鏡原さんと比べるのも申し訳ないぐらいたどたどしい発声だ。出席した24人の参加者の半分ぐらいはこっちを見ていて、あとの半分はプロフィールカードを書いたり、スマホをちらちら見たりしている。室内はそこまで暑くないはずなのに背中の汗が止まらなくて、マイクを持つ手が震えている。

「私は本日司会を務めます、ドリーム・ハピネス・プランニングの猪名川健人です。どうぞよろしくお願いいいたします」

進行表にはもちろん「鏡原奈緒子」と書かれている。とっさに名前だけ変えたら社員みたいになってしまったが、ここはもうご容赦《ようしゃ》いただきたい。

「12月はクリスマスで街全体が浮きだっているのを感じます。サンタクロースを待ちわびていた子ども時代が懐かしいですね。寒さも厳しくなってまいりますので、皆さまお風邪など引かれないようご注意くださいませ」

時候の挨拶も鏡原さんの美声で聞かせるからいいのであって、なんの訓練もされていない40歳男の声で述べたところでなにも響くところがなさそうだ。

「私事ではございますが、ドリーム・ハピネス・プランニングは事業終了の運びとなりました。今回が最後のウェルカムパーティーでございます。皆さまの思い出に少しでも残る一夜になったら幸いです」

鏡原さんがこの文面をどんな気持ちで打ち込んだのかと思うと、胸にこみあげるものがある。ドリーム・ハピネス・プランニングとやりとりした2か月半は、確実に俺の思い出に残るだろう。

その後は俺も聞いたことのある、自己紹介タイムの説明だった。

「恐れ入りますが、女性の方から後方の空きスペースに椅子を運んでください」

一通りの説明を終えて、ほっと胸をなでおろす。池田さんも慣れた様子で椅子を運んでいて、子どもの成長を見守る親のような気分になる。

社長と共に参加者の誘導を行い、陣形《じんけい》が整った。

「それではまいります。トークタイム、スタートです」

俺は鏡原さんのやり方にならって、スマホのストップウォッチを作動させた。時間が減っていくタイマーではなくて、時間が増えていくストップウォッチ。「お願いします」とプロフィールカードを交換する参加者たちを見ていると、時間を操る魔法つかいみたいな気分になる。

「お疲れさまです」

社長が近寄ってきて小声で言った。

「すばらしかったです」

見え見えのお世辞に恐縮する。俺の喋りなんて小学校の放送委員会レベルで、与えられた台本を読み上げただけだ。

「鏡原さんは、ずっとひとりでがんばってきたんだなって思いました」

社長を軽視した発言になってしまったが、全然気にしていない様子で「本当に、そのとおりです」とうなずく。

「きっと鏡原さんなら、別の会社でも上手くやれるでしょうね」

「社長は寂しくないですか？」

社長は少しの間をおいて、「寂しいですよ」と笑った。

トークに花を咲かせる参加者たちを見てみる。俺に匂いはわからないけれど、手がかりがつかめないだろうか。手を叩いて笑い合っている組もあれば、あまり口数が多くなさそうな組もある。あれだけ盛り上がっていればたくさんカップル成立しそうなものだけど、そう一筋縄ではいかないのだろう。

考えているうちにストップウォッチが4分になっていて、「残りあと1分です」とアナウンスする。

「ストップウォッチ、使ってくれてるんですね」

背後から聞き覚えのある声がした。いま一番聞きたかった声だ。

「鏡原さん！」

この状況を鑑みて極力声を抑えたものの、感情が漏れ出ていたらしい。参加者の数名がこっちに視線をよこす気配があった。

「ご迷惑をかけて、本当にすみません」

社長が鏡原さんに向かって深々と頭を下げる。

「その話はあとにしましょう。もうすぐ5分です」

鏡原さんは「麦茶作らなきゃ」とバックヤードに向かっていく。俺はマイクを握り、5分経過したことを伝えて移動を促した。

「ここは私にお任せください」

社長が俺の手からスマホとマイクを引き取る。

「鏡原さんのところに、行ってあげてください」

なんで俺が？　社長が行かなくていいのか？　頭の中に疑問符が増殖していくが、身体は素直にバックヤードに向かっている。

鏡原さんはピッチャーに水を満たし、麦茶のパックを菜箸でつまんで揺すっていた。

「お疲れさまです」

俺が声をかけると、鏡原さんが顔を上げてこっちを見る。

「大変でしたね」

「めちゃくちゃ怖かったです」

鏡原さんは再び麦茶に目を落とす。今日は参加者が多いせいか、ピッチャー2個分作るらしい。

「猪名川さんには無茶なこと言ってしまってすみませんでした。ちゃんとパーティーがはじまっていて、安心しました」

「鏡原さんはこれを一人でずっとやってきたんだって、尊敬しました」

鏡原さんはピッチャーの蓋を閉め、冷蔵庫に入れた。ホールでは参加者たちががやがや話している気配があるけれど、キッチンは静かでひんやりしている。

鏡原さんは俺の正面までやってきて、深刻な様子で口をひらいた。

「前に自分の匂いはわからないって言ったんですけど、あれは嘘です」

真意がつかめず、首を傾げる。

「私の匂いは、猪名川さんの匂いとよく似ています」

「あぁ……」

俺は思わず天を仰いだ。「いつから?」とかすれた声が出る。

「最初に会ったときにうっすら感じたんですけど、嗅覚が弱まっているせいもあって確信が持てませんでした。でも今、はっきりしました」

「それは、俺の匂いが強くなってるってことですか」

鏡原さんはうなずいた。

「私のこと、待ちわびてくれていたんだってわかりました」

まったくそのとおりだ。目の前にいる鏡原さんを抱きしめたいぐらいだけどそんな大胆なことができるはずもなく、俺は「そのとおりです」と曖昧に笑うことしかできない。

「さぁ、行きましょう」

鏡原さんは勇ましくキッチンを出て、ストップウォッチが表示されているスマホとマイクを社長から引き継いだ。

「5分経ちました。男性の皆さまは、隣の席に移ってください」

この声。芯が強く透き通っていて、会場を包み込む声。

婚活マエストロがタクトを振れば、参加者たちが盛り上がる。俺は惚れ惚れした気持ちで鏡原さんをながめた。

トークタイムが終わり、参加者たちが印象カードを書いている間に麦茶を配る。ずっと続いてきたであろうドリーム・ハピネス・プランニングの伝統も、今日で最後だ。前回は挙動不審だった池田さんも印象カードにしっかり番号を記入していて、卒業式みたいな感慨が湧いてくる。

鏡原さんは回収したカードを見て、クリップボードに挟んだ紙に「1－6」「2－8」「3－1」「4－1」「5－10」と数字を書いていく。前回と違うのは、その横に◎や○のマークを付けていることだ。

「今日は鼻の調子がいいです。この3組は確実なので、もし話していない様子だったらくっつけてあげてください。この二組はなんとなくですが、似てます。ここここは、盛り上がり次第でカップルになるかもしれません」

もはや有馬《ありま》記念のような白熱ぶりである。俺は余ったプロフィールカードの裏紙に、印がついた組み合わせをメモした。その中に池田さんは入っていない。

「女性2番さんはどうですか？」

「う〜ん、この中にめぼしい人はいませんね」

そうそううまくいくものでもないか。残念だけど仕方ない。

「やっぱり20人超えると組み合わせが増えますね」

「うれしそうですね」

鏡原さんは笑顔で俺を見上げた。

「猪名川さんの匂いで、私の鼻が勘を取り戻したんです」

動揺した俺は顔をそらす。

「しゃ、社長には伝えなくていいんですか？」

「あの人は独自の観点で動いているから大丈夫です」

社長に目をやると、若い男性参加者と談笑している。話を終えるとニコニコしながら俺たちに近寄ってきて、衝撃の事実を告げた。

「彼の両親がうちの会社の婚活パーティーで出会ったそうです」

鏡原さんも「えぇっ」と目を見開いている。俺は会社のホームページに書かれたSince 1990を思い出していた。生まれた子どもが30歳を過ぎていてもおかしくない。

「最後だと聞きつけて、参加してくれたそうです」

「すごいですね」

俺も感動していた。そんなことってあるのか。

「最後のフリータイム、がんばりましょう」

鏡原さんはマイクを持って会場前方に歩みを進め、印象カードの結果を発表した。

フリータイムはいつも以上に賑やかだった。鏡原さんが目星をつけたカップルを引き合わせ、空いている人同士を見つけたら話をするよう促す。

ドリーム・ハピネス・プランニングのパーティーはこれで終わりだけど、参加者たちの人生はこれからも続いていく。今夜カップルにならなくても、どこかでまためぐり会うかもしれない。参加してよかったと思えるパーティーになるといい。

結果、今日のパーティーで成立したカップルは７組。鏡原さんが◎をつけたカップルは３組とも当たった。ほかにもちらほらカップルができて、クリスマスの街へと繰り出していく。

「池田さん、今日は手伝っていただいてすみませんでした」

カップル成立しなかった池田さんだが、清々しい顔をしている。

「いえいえ、お役に立てて光栄でした。今回でお別れとは名残惜しいでございます」

「本当ですね」

鏡原さんも近寄ってきて、「お世話になりました」と頭を下げる。

「お二人も、がんばってくださいませ」

池田さんは意味ありげに俺の目を見て微笑み、店を出ていった。

「終わっちゃいましたね」

鏡原さんが息を吐く。気付けば社長も消えていて、店内にいるのは俺と鏡原さんだけだ。

「池田さんの成長ぶり、すごかったですね」

「そういう猪名川さんこそ、すばらしく成長してます」

鏡原さんは机を元の位置に戻しはじめる。

「最初にここで会ったとき、この人大丈夫かなって思ったんですけど、今はそんなふうに思いません」

片付けが終わって、会場を見渡す。ここでいくつの出会いが生まれたのだろう。名残惜しくなってスマホで撮影すると、鏡原さんも「私も撮っておきます」とシャッターボタンをタップした。

「そうだ、ハンドクリームを買ってきたんです」

プレゼントを贈り慣れていないせいで、中身をネタバレしてしまった。でも透明な袋だし、ハンドクリームであることは自明だから許してほしい。

「クリスマスプレゼントです」

カバンから取り出し、両手で持って丁寧に差し出すと、鏡原さんも両手で大事そうに受け取ってくれた。

「せっかくなので、つけてみますね」

ラッピングを開けて、白いチューブから手の甲にクリームを絞り出す。パール2個分ってそんなに多いのかなと思って見ていると、鏡原さんは「たくさん出すぎちゃいました」と照れたように笑いながら両手に塗り広げる。

「ありがとうございます。使わせてもらいますね」

俺たちは荷物をまとめて店を出た。鏡原さんが郵便受けに鍵を入れるとカチャンと小さな音が鳴って、パーティーの終わりを告げるようだった。

クリスマスに加えて忘年会シーズンということもあって、歩道には若者やサラリーマンの集団が楽しげに行き交っている。

去年の今ごろはクリスマスなんて関係なく文章を書いていて、外に出ようなんて思いもしなかった。この歳からでも変われるんだとしみじみする。

「とりあえず、サイゼリヤに行きませんか」

気付けば口からこぼれ出ていた。鏡原さんは穏やかな表情でこちらを見上げる。

「行きましょう」

俺たちはモール街に向かって並んで歩き出す。ふと触れ合った鏡原さんの手は、温かくしっとりしていた。

初出　「別冊文藝春秋」二〇二四年一月号～九月号

装画・扉カット　我喜屋位瑳務
装丁　大久保明子

宮島 未奈（みやじま・みな）

1983年静岡県生まれ。滋賀県在住。京都大学文学部卒業。2018年「二位の君」で第196回「コバルト短編小説新人賞」を受賞（宮島ムー名義）。21年「ありがとう西武大津店」で第20回「女による女のためのR-18文学賞」大賞、読者賞、友近賞をトリプル受賞。23年、同作を含む連作短編集『成瀬は天下を取りにいく』でデビュー。第11回「静岡書店大賞」小説部門大賞、第39回「坪田譲治文学賞」、第21回「本屋大賞」など15冠を獲得し話題となる。24年、続編『成瀬は信じた道をいく』を刊行。

婚活《こんかつ》マエストロ

二〇二四年十月三十日　第一刷発行
二〇二四年十一月十日　第二刷発行

著　者　宮島《みやじま》未奈《みな》
発行者　花田朋子
発行所　株式会社 文藝春秋
〒一〇二-八〇〇八
東京都千代田区紀尾井町三-二三
電話 〇三-三二六五-一二一一（代表）

印刷所　TOPPANクロレ
製本所　TOPPANクロレ

ISBN 978-4-16-391908-9